新 潮 文 庫

しをんのしおり

三浦しをん著

しをんのしおり　もくじ

三章　幻に遊ぶ秋の空

本文イラスト　東ちなつ

しをんのしおり

Shion's Shiori

by

Shion Miura

Originally published 2002 in Japan by Shinchosha
This edition is published 2005 in Japan by Shinchosha
with direct arrangement by Boiled Eggs Ltd.

本書の効能

～まえがきという名の推薦文～

本書は、混迷深まる現代日本の政局を赤裸々に描き出したばかりでなく、若い読者諸氏の精神鍛錬の一助ともなるべき内容を擁《よう》し（このへんのことはあとがきを参照してください）、さらには若くない読者諸氏の縁側のお供としても最適な呑気《のんき》さをも兼ね備えた好著である。

思うに、三年前に教習所を卒業していらい車を運転すること数回、好物は残り物をぶちこんで作るお好み焼き、趣味はできるだけ動かずにじっとしていること、という著者の生き様は、温暖化の進む地球環境、資源の浪費、二酸化炭素の増加といった今日的な問題に対する解決策を提示していると言えよう。

苦言を呈すれば、漫画に心奪われすぎて熱帯雨林の伐採という現実から目をそむけていること、銀行の預金残高を鑑《かんが》みずにすぐに服を欲しがること、ふだんは日光浴中のトドのごとき緩慢な動作しかせぬのに、突如として追っかけッアーに出かけることなど、著者にもまだまだ未熟な点は多々ある。しかしそんな些末《さまつ》なことにとらわれずに、ひとつ大の字に寝転がりながら本書を熟読されたし。

読者諸氏の胸に必ずや、「生きる権利は万人に平等にある（どんなぐうたらであろうとも）」という輝かしき真理の光が射《さ》し込むことであろう。

広く人々に愛好されることを願い、本書を推薦する。

はあ〜。自分の本の推薦文を書くのって疲れます。むなしさここに極まれり。この本には、愉快な仲間たちとの珍道中や、本や漫画について考えたこと、日々の暮らしで起こったあれこれについて、などが収められています。そのうえ、（自作自演の）推薦文にもあるとおり、精神力を高めるためのしかけまで施されていて（あとがき参照）、なんとも中身のつまった一冊なのです。……（様子をうかがっている）。お買い得だなあ（駄目押しとばかりに）。

あ、ウェブマガジンで連載しているエッセイを集めたので、既読の方もいらっしゃるかもしれません。その点はご注意ください。でもやはり、一度はパソコン画面で読んだものであっても、一家に一冊と言わず二冊三冊ぐらいは、本という形で手元に置いておきたくなるのが人情というものではなかろうか。さりげない推薦の言葉を満載して、まえがきを終わります。

それでは、どうぞごゆっくり本編をお楽しみ下さい。

一章　そぞろ歩くは春の宵

アイコンタクトレンズ探し

なんだかまぶたがひからびたカエルのようにしなびてしまい、お肌の曲がり角というものをしみじみ実感する春の一日。ぞろぞろと這《は》い出てきた虫たちに襲撃され、けっこう危険地帯と化している私の部屋からお届けします。

本当ならば、この本の巻頭を飾るにふさわしい、むちゃくちゃ面白い話から始められるはずだった。私は夢の中で大笑いして半覚醒《はんかくせい》し、「これはぜひとも全人類に報告しなければならんネタだ」とむっくりと起き上がった。そしてサラサラと夢をメモに取り、そのまま再び寝ました。朝が来て、「今日の私はいつもと違う。人類への報告書を作成するという重大使命を帯びているのだ」と思いながらアルバイトをし、いま帰ってきたところなんです。

メモはたしかに残されていた。ポストイットがちゃんとマックちゃん（パソコン）に貼《は》り付けられてあった。そしてそこに残されていた「むちゃくちゃ面白いネタ」とは……。

「我田引水とばぐちゃん」

……なんなんですか、これ。私には何の話だかさっぱりわかりません。夢の中でなんで大笑いしたんだ、俺。なんか「我田引水機」という貯水タンクみたいなものが夢に出てきたことはうっすら覚えているが、「ばぐちゃん」に至っては、誰のことなのやら……。

そういうわけで、残念ながら特に面白いお話はお届けできないのです。夢さえもメモったという心意気に免じて許してくだされ。ではまた次週。さらば。

これで終われればいいのだが、空間恐怖症の気《け》がある私は、すべてをうめつくさずにはいられないのだ。本当は改行もあんまりしたくないぐらいなのだ。

そういうわけでまだ続く。

今度、弟は入学式に出席せねばならんらしい。法王庁に奇跡として認可してもらおうと思うのですが、やつは大学に行くのです。それで、「スーツを買おう」ということになった。入学式にスーツで行くなんてダサイわねえ、と思うのだが、弟は、「ぜひ一着買ってくれ」と懇願する。

「だってこのままだと、結婚式にも葬式にも、俺は高校の制服で参加することになるんだぞ」

いいじゃないか、高校の制服で。心の中で、ほとんど百パーセントそう思ったのだが、やっぱりちょっと可哀想《かわいそう》な気もしたので、先日、一緒にスーツを見に出かけた。

知らなかったのだが、男性服売場にいる店員さんって、ものすごいんですね。スーツやシャツやネクタイをあれこれ出してきて、とにかくしゃべる。舞踏会に行くための衣装を選ぶシンデレラのママハハみたいに、そこら中にスーツを並べては吟味してみせるのです。私は呆然《ぼうぜん》と立ちすくみ、一体いつ、このマシンガントークに口を挟めばいいのかなあ、と思っていた。

「うーん、おにいさん（弟のことだ）はねえ、これなんか似合うと思うの。結構肩幅あるでしょー。でもそのわりに胴回りがないから、そういう人はこれを着るとバランス取れるのよ。あ、でもでも、おにいさんはもっとピッタリした今風のスーツがお好みかな？　そうしたら、こ・れ。これがいいと思いますよー。色も冠婚葬祭なんでもござれだし、んー、ネクタイはこの色ネ」

もちろん男の店員です。私は心の中で、「なんであんたの指はいっつもピンッて立ってるねん！」となぜか関西弁で突っ込み入れてました。弟はまた、お得意の能面のような無表情になっている。あわわ。せっかく勧めてくれてるんだから、もうちょっと愛想よくせんかい。しかし、そんな私たちの動揺と葛藤《かっとう》をよそに、店員はますますヒートアップ。

「ぜひぜひ着てみて。着ないとわかんないから」

弟は無理やりコートを脱がされて、試着室に押し込められようとしている。きゃー、大変。大事な弟の貞操の危機よ！　しかしその時、私は見てしまった。○マ言葉で小指は筋金入りにピンと立ち、外見はと言えば、金色に染めた短髪で肌は日焼けサロン色、の男性店員（三十五歳ぐらい）には、なななんと！　胸毛があったのです！

胸毛に目がない私は、弟を救出するのをやめました。弟は三つボタンのスーツを着せられ、鏡の前に立たされる。それでまた店員のマシンガントーク。このラインがとっても綺麗《きれい》に出るのよこの服、とかそんな話。ねね、おねえさんもそう思うでしょ？　でも私はもちろん、胸毛チェックの方に余念がなかった。うーん、巻き具合がイマイチ。

弟は、私の視線がどこに行ってるかを素早く見て取り、「おい、それはいいからなんとかしろ」と目線で合図。アイコンタクトを違《たが》えずキャッチした私は、

慌《あわ》てて、

「そうねえ、でもなんかちょっと体に合ってないみたい」

「ああら、そんなことないですよぅ。ねえ、おにいさん、ご本人はどう？」

「俺、二つボタンがいいんで」

ドカーン。早く言えよ。凍りつく店員と私。カ〇店員はこめかみをピクピクさせながら、

「あら、おにいさんたら困ったわねえ。今の流行《はや》りは三つボタンなのよ。二つはたぶん、どこを探しても無いですよ」

と言う。流行に逆らう弟も弟だが、「どこを探してもない」というのも大げさだろう、と思い、食い下がってみる私。

「無いって、皆無ってわけでもないですよね？」

「うちには無いですねえ。たぶん、百着のうち一着、どこかにあるかどうかってところですよ」

「二つボタンには何か悪いところでもあるんですか？」

「いいえ。単に、いま流行りじゃないから作ってないだけ」

再びドカーン。今度は私が怒りに震える。流行りとかそういうことばかり考

えて服を作ってるから、この店のスーツは〇ソみたいなデザインのものしかないんじゃないのか。入学式に行ったら百人中四十八人は同じスーツです、みたいなデザインが本当に良いデザインなのか。あんたたちが考える流行りというのは、単に無難というだけで、特に流行を作り出そうという気概もないようではないか。

「他を探してみます」

と、弟はようやくスーツを脱ぐタイミングをつかみ、私たちは売場を出た。

「はあ、まいったまいった」

店員にエナジーを吸い取られた弟は、「もう俺は都会に出るよ」と言う。

「やっぱりこんな地方のうらぶれたデパートしかないようなところで、スーツを探そうとしたのが間違いだった」

「そうねえ。でも、あの店員もあんなに『二つボタンは無い』って強調してたし、あんたもここはちょっと妥協して、三つボタンの中から良さそうなのを選んだら？」

「やだ。こうなったら良さそうな『二つ』を絶対に探す」

「『三つ』のボタンを一個取ればいいじゃないの」

「そういうことで解決できる問題じゃないんだ」

「そういえば、今朝入ってたア○キのチラシには、二つボタンのスーツ（ていうか背広）が載ってたよ、たしか」

「たしかに、ア○キは流行をいたずらに追ったりはしない。しかし、俺が求めるスーツは断じてア○キにはないのだ！」

「わーかった、わかった。わかってますよ。ちょっと言ってみただけ」

そういうわけで、私たちは明日、都会に行ってきます。はたして、二つボタンのイケてるスーツを探し当てることができるでしょうか。砂漠に落としたコンタクトレンズを探すような作業になろう。店員さんがカ○なのはいいとして、ああ、どうか、マシンガントークではありませんように。

嵐《あらし》の後の静けさ

久しぶりに都会に出て、しかも若者たちにまぎれて熱狂ライブになど行ってしまったためか、熱が出てしまいました。普段は感じない布団《ふとん》の重みが、のしかかってくるようで息苦しいわ。ああカルロ（電気毛布の名前）、助けて。プチッ。電源オン。君一人の体じゃないんだ、無理はしないでくれよ。カルロったら優しいのね、でも暑い。やっぱり今はあんたは必要ないみたい。プチッ。電源オフ。

花粉症のせいだかなんだかわからないけれど盛大に鼻水をたらしつつ、「重いよー」と呻《うめ》きながら布団の中で数日を過ごすはめに。たまの風邪っぴきって、なんだか寂しいようなニヤニヤしちゃうような、不思議な気分です。外には生活の音があふれているのに、自分は熱でボーっとしながら、昼間っから寝っ転がっている。取り残されたような得したような、なんともてあます時間だ。

さて、「砂漠のコンタクトレンズ」大作戦は、成功に終わりました。弟と私はついに東京砂漠で、求めていた「二つボタンかつ今風のスーツ」を探し当てた。いやあ、また伊勢丹に行ってしまった。本当に私は伊勢丹が好きだなあ。伊勢丹の店員さんは可愛《かわい》い女の人だったので、ちょっと胸をなでおろした。よかった、カマシンガントークの店員じゃなくて。

「アルマーニ」では、峰○太が買い物をしていた。まるで、私たちもアルマーニでスーツを買っていたかのような物言いだが、もちろん違う。値段の安い下の方の階の店で目星をつけた弟と私は、それでもせっかく都会さ来たから上の階も見るっぺ、んだ、んだ、見るっぺ、ということで、アルマーニなどが目白押しの階まで遠征したのであった。

私は、「さすが三平の娘婿《むこ》ね。何を買うのかしら」とちょっと出歯亀《でばかめ》根性がもたげたのだが、弟はさっさと「ヘルムート・ラング」に入っていく。おいおい待っておくれよ、おまえさん。予算がいくらかご存じなのかい？　しかしラングの店員（椎名《しいな》桔平《きっぺい》風）も、ちゃんと客を見分ける。「いらっしゃいませ」と声をかけたきり、寄ってくる気配なし。ここで、二つボタンのイカしたスーツを発見。

「これ！　こういうのだよね！」

　と言いつつ、値札を見てみて飛び出た目玉を元通り収めるのに苦労する。

「どうぞ羽織ってみてください」

　と、はるか彼方《かなた》から声をかけてくる店員。社交辞令なのがありありとわかるが、しかし試着はタダだもんね。

　着てみて、探していた理想のスーツだと嘆息。「ま、どうしてもこういうのが欲しいんだったら、もう自分で作りなさい」ということになる。放任主義の店員さんに感謝しつつ、下の階に撤収した弟は、分相応なスーツを（親のカードで）買いました。ちなみに、ヨウジヤマモトの店員さんは金城武《たけし》に似ていた。

「せめてネクタイはヨウジにするか？　ゲヘヘ」と男に目がくらむ私。

　そんなこんなで作戦も無事終了し、弟と別れた私は、友人ジャイ子（仮名）と待ち合わせてグリーンデイのライブに行った。いやあ、グリーンデイがこんなに若者たちに人気とは知りませんでした。夜はまだ肌寒いというのに、会場前にはすでにTシャツ姿の若者たちが集って、ムンムンとライブの始まりを待っている。みんな首にタオルを巻いて、準備は万全である。

「グリーンデイがドカンと登場してきたのって、私らが高校生の頃だったと思うんだけど、今も若者に大人気なんだねー」

「ホントねー。世代的に、会社帰りのサラリーマン、って感じの人が多いと予想していたのに、高校生ばっかりじゃないの」

しかもやる気満々の若者ばかりだ。開演前から熱気がすごい。後で弟に聞いたところによると、グリーンデイはパンクバンド（だったのか……）として、バンド好きの高校生に人気が高いそうである。

ジャイ子と私は、ダイブする若者の邪魔にならぬよう、隅っこのほうに陣取った。隣にいたのはガタイのいい白人たちで、こいつらがまた無茶苦茶ビールを飲む。さすがの私も、「飲み過ぎだよ、あんた……」とちょっと不安になるほど、ゴフゴフ飲む。やつらはライブの間中、ビールを買うために売店との間を行ったり来たりしていた。一人一ガロンは優に飲んだね。そしてご機嫌で飛び跳ねるものだから、「優勝祝賀会？」といった感じだ。その近くですでに裸になっている若者は、「シャワー浴びたのか？」っていうほど汗でびしょ濡《ぬ》れになっていて、「優勝祝賀会で汗だくのプロレスラーたちにもみくちゃにされる」私たち。ペチャッ。きゃー、やめて、こっちに肌を密着させないでー。

前座としてわけのわからないデ〇のアメリカ人バンド（ミネソタから来たら

しい）が出てきたのだが、こいつらがまた、力にまかせて物凄《ものすご》い大音量で楽器を奏《かな》でる。情緒とか技とかはお構いなし。とにかく音がデカイ。心臓の悪いおじいさんだったら、一発で昇天しちゃうほどだ。私の鼓膜も三ミリほどすり減った。デ〇たち（そろいもそろって相撲取りみたいな体型）はご機嫌で演奏し、「金がなくて最近は痩《や》せる一方だ。このままではミネソタにも帰れないからCD買え」と言って、ようやく去っていった。

そしてお待ちかねのグリーンデイ登場。この熱狂力で月までロケットも飛ばせるよ、というぐらいに盛り上がる若者たち。しかし、ボーカルはどうも声があまり出ないのだった。私は英語はよくわからんが、「今日は喉《のど》の調子が超バッドだぜ」みたいなことを言っている。あげくのはてには、「誰か俺のかわりに歌えるやついるか」とか言って、ファンをステージに上げてしまった。近ごろの若者は本当に度胸があるなあ、と感心したのだが、その人は急なご指名にもかかわらず、上手に歌った。演奏も、やりたがるファンたちに任せてしまい、「グリーンデイと愉快な仲間たち」といった感じで、ステージと客席との距離は急速に縮まる。なんだかライブハウスならではの、緊張感のある面白い空間ができあがる。バンド少年たちは、気さくに楽器を弾かせてくれて、一緒に演奏してくれるグリーンデイを、ますます愛と羨望《せんぼう》のこもった眼差《まなざ》しで見つめている。

ボーカルの喉の調子も出てきて、会場の空気はしょっぱくなるほど濃縮されていく。大玉転がしみたいに人々の上をゴロゴロと転げ回る若者。ビールの消費はますます増大。

ジャイ子としみじみ、「バンドってなんだろうね」と話しあう。どんな表現でもそうなのだが、特にバンドには、上手《うま》い下手では割り切れない、プラスアルファの要因が大きく作用しているように思える。たとえば、グリーンデイよりも演奏の上手なアマチュアバンドはたくさんあるだろう。しかし、人々を熱狂させる要因は、言葉では言い表しにくい何かなのだ。

「それが『カリスマ性』と言われるような類《たぐい》のものなのだとしたら」

と、ジャイ子は言った。「表現するというのはある意味、とてもむなしいことね。努力とか技術とか戦略とかだけではどうしようもないもの。たとえば演技で言えば、とても上手に演じる技術があったとしても、持って生まれた何かがないがために、どうしても主役を張れない人もいるわけでしょう？」

「たしかに、自力ではどうしようもないんだから、残酷なものだよね」

と、私もうなずく。「だけど、そういう『上手下手』とかいう明確な判断基準じゃない、もっとモヤモヤした何かに人が惹《ひ》かれるからこそ、好みの多様性が生まれるとも言えるんじゃないかな」

「ああ、そうねえ。でも、私はなんだか切なくなるのよ」

私も、バンドを見ると切なくなるのだ。演劇を見ても映画を見ても、こういう切なさはあまり感じない。何かを感じるバンドのライブを見ると、切ないのだ。その輝きが、三人とか五人とかいった少数のメンバーの中から生まれてきた、とても貴重で強い光だからだろうか？　バンドというのは基本的にいつかは解散するものだと私は思うが、絆《きずな》が壊れたらなくなってしまう儚《はかな》い何かだからだろうか？

それこそ、熱を出して寝ている午後に、小学校の屋上で遊ぶ友だちの声が風に乗って聞こえてきたみたいに、ワクワクしつつも淋《さび》しい気持ちがする。

バンド少年少女たちは、憑《つ》かれたように暴れまくっている。その中に、ビールを牛のように消費している白人のおっさんたち（実は若かったりして）や、場違いにも壁際《かべぎわ》でイチャこいているカップルや、そのカップルをターゲットにして、「憎しみの念のみで人を殺せないものかしら」などと試そうとしている私やらが、紛れこんでいる。私には、グリーンデイが発散する何かと、それに酔いしれる人たちがまぶしい。切なくてむなしくて、まぶしいのだ。だから私は何かから微妙に目をそらす。そして、ビールの消費量やカップルの熱愛ぶりを観察する。

それでも熱気に当てられたのか、熱を出してしまったというわけだ。もしかして知恵熱か？

陰のない帝国

私の漫画体験は、小さいころ近所のお兄さんから貸してもらっていた「週刊少年ジャンプ」に始まる。その後はジャンルにこだわらず何でも読んでいたのだが、「ジャンプ」は弟に貸してもらっていた。そして、弟が「ジャンプ」を買わなくなって数年、私はすっかり少年漫画の世界に疎《うと》くなってしまったのだ。

これではいかん、と私は思った。考えてみれば、私は少年漫画を常に人から与えられて読んできた。他の漫画は、いつでもガツガツと自分で開拓、発掘してきたのに、なにゆえに少年漫画に対しては受動的な態度を取ってきたのだろうか。与えられるのを待つのみでは、真の漫画読みとは言えまい。

そこで私は職権を濫用《らんよう》し、アルバイト先（古本屋）に入ってくる少年漫画を重点的にチェックしはじめた。原初の体験が「ジャンプ」にあるから、どうしても集英社の少年漫画を手にとってしまう。

まず、以前から碁を習得したいと思っていたから、『ヒカルの碁』（ほったゆみ・小畑健）を読んでみる。古本屋なので、一巻から順に入荷するわけではないのが辛《つら》いところだ。ヒカル少年についてまわっている烏帽子《えぼし》姿の女は何者なのか。さっぱりわからない。静御前《しずかごぜん》か？　どうやら、その人物は静御前ではなく、平安時代の人らしい。しかも男。ううむ、最近の少年漫画は少女漫画みたいな絵で、パッと見では性別を判別するのが難しいぞ。

静御前（じゃないけど）は碁が強い平安時代人で、ヒカル少年に憑依《ひょうい》している。そして、ヒカル少年に碁のアドバイスをしてくれるのだ！　ヒカル少年はメキメキと碁の腕前を上げて、とうとうプロ棋士になったが、私は碁の打ち方がさっぱりわからないままだった。まあ、能條純一《のうじょう》の『哭《な》きの竜』（竹書房）にしても『月下の棋士』（小学館）にしても、漫画を読んで麻雀《マージャン》のやり方や将棋の指し方がわかったためしがないもんな。

「なんだかわからんけど、なんかすごいことが行われているらしい。その証拠に、碁盤（雀卓、将棋盤）が光り輝いている！」

というのさえはっきりしていれば、漫画は楽しめるのだ。

次に、『テニスの王子様』（許斐剛《このみたけし》）を読む。ううむ、この漫画もまた、「花とゆめ」あたりに連載されていてもおかしくないような絵だ。「少年」漫画とか「少女」漫画とか、絵柄で区分けするのがすでにナンセンスなのだろう。この漫画には見事に女の子が出てこない。いちおうヒロインらしき子はいるのだが、むちゃくちゃ影が薄い。いてもいなくてもどっちでもいい、という扱いだ。ひたすら、中学のテニス部員の男の子たちの「テニスにかける青春」が描かれる。

少年漫画らしく、「そんなんありか？」というような驚きのテニスの技なども登場して楽しい。主人公のお父さんが元天才テニスプレーヤーで、今は寺の住職、というのもベタな設定でよろしい。仕事を忘れて読みふける。

それにしてもこの人たち、本当に中学生なんですか……こんな大人っぽい中学生いるのかな。ところでこの作者の人、以前、なんだかちょっと（ていうか、かなり）変わった漫画を描いていたような……。ラジカセを持って「cool！」とか言っている漫画を。むむむ……。誰が売れっ子になるか予測不能なのが漫画の面白いところだ。

さて、今度は『NARUTO』（岸本斉史《まさし》）だ。ナルト少年が忍者の里で、優しい先生たちに見守られつつ、仲間と共に成長していく物語。人の悪い私は、いつナルトが敵の忍者を殺すのだろう、と楽しみにしている。やはりナルト少年には、「オレってば、人を殺しちまったってばよぉ！」と苦悩してもらいたい。そしてカカシ先生に、「ナルト、それが忍者ってもんなんだ」と静かに諭されたりしてさ。ふふ、意地悪だな、私。しかし、ここまで少年漫画を読んできて、「なんて陰のない世界なんだ」とちょっと呆然《ぼうぜん》としたのも確かだ。

さあ、いよいよ『ONE PIECE』（尾田栄一郎）を読むぞー、と意気込んでいたのだが、これが待てど暮らせど入荷してこない。どうやら少年たちに大人気で、みんな古本屋には売らないようだ。考えてみれば、アルバイト先の古本屋に入荷してくるのを待つ、というのも、充分すぎるほど受動的な態度ではある。反省した私は、書店に赴いた。

おお、あるある。もう十七巻まで出ているのか。一気に全部を買うのはなあ、と棚をにらんで思案していると、かたわらにいた少年がチラチラと私を見る。なんだ坊主《ぼうず》、君もワンピースが欲しいのかね。よっしゃ、ここが大人の財力を見せつける正念場だ。買い占めてやるもんね、とばかりに、私はムンムンとワンピースを手に取る。少年は、「いいな……」という目で、私の行動を凝視している。オホホ、お小遣いが三百円じゃあ、こんなに漫画は買えないだろう。

君は来年のお正月にでも買ってもらいなさい。勝ち誇った瞬間、給料日前だったことを思い出して我に返る。ムンムンと手に取った漫画を、ムンムンとまた棚に戻す。くうう、私もお正月に漫画を買ってもらえる身分になりたい。結局数冊のみ購入。

面白いです、ワンピース。これは、ルフィ少年が大海賊になることを目指して一人大海原《おおうなばら》に漕《こ》ぎ出し、仲間を集めて伝説の宝物を探す物語。何よりも私が「いいな」と思ったのは、女の子（ナミちゃん）がルフィと一緒に生き生きと戦うところだ。頑張る主人公を応援するだけのヒロインではなく、仲間の一員として活躍する。

印象的な場面がある。ルフィの仲間で、大剣豪を目指すゾロの回想シーンだ。ゾロは小さいころから剣の腕前に自信があったのだが、一人、どうしても勝てないくいなという名の女の子がいた。ゾロはいつも彼女と手合わせするが、くいなはとても剣が上手で勝つことができない。悔しがるゾロに、くいなは言う。「女の子は大人になったら男の人より弱くなっちゃうの……女の子が世界一強くなんてなれないいんだって……パパが言ってた！　ゾロはいいね、男の子だから」

そう言って泣くくいなに、ゾロは怒って叫ぶ。

「おれに勝っといてそんな泣きごと言うなよ！　卑怯《ひきょう》じゃねェかよ！　お前はおれの目標なんだぞ！　男だとか女だとか！　おれがいつかお前に勝った時もそう言うのか、実力じゃねェみたいに！」

おおおー。私は感動に打ち震えました。私の厳しい（？）フェミコードに引っかからない漫画がここにある！　いい男だねえ、ゾロ。感心していたら、翌日くいなは階段で転んであっけなく死んじゃうんですが。もうちょっとゾロとくいなの話を読みたかったなあ。

ま、そんなこと言っておきながら、フェミニズムのフェの字も浸透してなかったころの漫画を読んで育ったので、理想のタイプはケンシロウなんだけど。というのは嘘《うそ》ですが、しかしもう綺麗事《きれいごと》を言うのはやめよう。何を隠そう、私が一番気になったのは、子どもの頃のルフィを海の怪物から救ってくれた海賊頭、シャンクスです。シャンクスとその部下のベックマン。『ベルサイユのばら』以来、主従関係に弱い私。ここで問題なのは、オスカル様とアンドレは男女だったが、シャンクスもベックマンももちろん男だということだろう。重箱の隅をつつくように、健全な少年漫画をも邪眼スコープを通して読んでしまう。

嗚呼《ああ》、なんてこと！
少年の清い心に触れたいと願っても、オレの手は汚れすぎちまってるようだ。
待って、行かないで！（↑勝手に一人芝居）
止めないでくれ。オレはこれから貯金を下ろしにちょっくら銀行まで行かねばならん。もちろん、『ONE PIECE』の続きを買うためさ。今日こそ大人の財力に物を言わせて、立ち読みするしかない赤貧少年たちを悔し泣きに泣かせてみせるぜ。ゲヘヘ。

Under Construction

海賊漫画を読みつくし、チビッコたちを悔し泣きさせた大人の財力にも翳《かげ》りが見える今日このごろです。

最近の私は、夢を見るのを忘れたカナリア。いえいえ、しょっちゅう睡眠をとっているだけあって、夜は大量に夢を見ているのだが、少年少女が持っている「夢見る心」ってやつが、なくなっちゃったんだ。ま、少年少女じゃないんだから当たり前といえば当たり前なのだけど、たとえば、海賊漫画を読んでも、「でも私、船酔いするしな」とか思ってしまう。大人になるっつうのはつまらんよ。

あれ？　ちょっと思ったのだが、私の問題点は、「夢見る心をなくしたこと」ではなく、「船酔いさえしなければ私も海賊になるのになあ、と思っていること」なんじゃなかろうか。じゅうぶん夢見がちだよ。いい年してちょっとアブナイぐらい夢見がちだ、うん。

さて、そんな私が最近していることはといえば、「理想の高校生活づくり」だ。これはどういうものかというと、制服のデザインとか時間割とかクラス名簿および人間関係相関図とか校舎内見取り図とかを勝手に制作し、自分の頭の中で理想の高校生活を築き上げよう、という遊び。参加者はいまのところ俺一人。

もしかして私、このまま女子高生フィギュアを作りはじめて、校舎のジオラマ模型も作って、もちろんデザインした制服は実際に縫製して女子高生コスプレして……という泥沼へ落ちていってしまうんじゃないかしら。そんな暗くて甘い予感に胸震わせながら、いらなくなった紙の裏側に、「うーん、学校は海の見える丘の上がいいかしら、それとも海岸沿い？ いやいや、山の奥の全寮制でもいいわね」などと、コツコツと理想の学園を建設中。

私を一人にさせておくとホントにロクなことしないので、どうかみなさん、食事に誘うとかしてやってください。なーんて、嫌ですよね。頭の中で「理想の学園建設中」の人とご飯を食べるのなんて。私だったらそんな人はちょっと遠慮したいもの。

私はこれまで、この地上には理想の高校生活を送っている人などいないんだろうと思っていた。授業をサボって浜辺に繰り出したり、夏の夜に校舎に忍び込んで屋上で花火をやったり、そういう高校生活は漫画の中の出来事だとばかり思っていた。

ところが、どうも「理想の高校生活」は現実にちゃんと存在しているらしい、ということがわかってきた。私は友人知人の高校時代の話を聞くのが大好きで、これまでいろんな人の高校生活を耳をダンボにしてキャッチしてきた。電車に乗り合わせた見知らぬ人の「高校生活話」まで知っているぐらいだ。むむう、みんな結構楽しい学校生活を送っているではないか。

アルバイト先のステファンさん（仮名）なんて、本当に授業をサボって海に行ったり、浜辺をランニングしたり、もう私が羨《うらや》ましさのあまり涙を流すほどの理想の高校生活を送っていたことが判明。しかもそこは、なんとあの『スラムダンク』（井上雄彦《たけひこ》・集英社）の湘北《しょうほく》高校のモデルになった高校だというではないか！

「じゃ、じゃあステファンさんは、花道やゴリが部活動をしていた体育館で、体育の授業などにいそしんでいたわけですね！　くぅぅ」

あまりの羨ましさに殺意を覚えてしまった俺なのさ。私は決意した。生まれ変わったら絶対に鎌○高校に入学してみせる。そこでウキウキ高校ライフを送ってみせる。ああ、早く生まれ変わりたい。乱世に生まれ、武士たちの気まぐれに翻弄《ほんろう》されまくった信心深い農民のように、来世を待ち望む私。

他にも、高校が火事になって校舎が全焼し、「やったー、明日から授業はないぞ!」と友だちと火事見物をしながららんちき騒ぎをしていたら、翌々日ぐらいには早速プレハブ校舎が建ち、あまつさえ宿直だった先生が責任を感じて自殺してしまった、とか、ものすごい番長高校で、クラスにたった一人しか女の子がいなかったんだけど、その子の左右の眉毛《まゆげ》はつながっていた(あだ名はもちろん「カモメ」)、とか、いろいろな人の様々な高校話を聞いたものよ(詠嘆)。

みんな、なんだか楽しそうだなあ。私の高校生活ってそんなに楽しくなかった気がするけど、「隣の芝生は青い」というやつなのかしら。でも本当に楽しかったら、今こうやって「理想学園」を反故《ほご》の裏にシコシコと建設したり、なんていう暗い遊びを一人でするはずないもんなあ。

何してたっけなあ、高校生の時。あ、そういえば私、図書委員だったんだ。

なにかしら委員をやらねばならなくて、そんなら図書委員がいいや、と思って何回も図書委員をやった。そこで眼鏡美人の司書の先生と恋におちて……とかそういうことはなく、読みたい本を無理やり購入してもらったり、本に図書館シールをペタペタ貼《は》ったりしていた。図書委員の作業は楽しかったな、うん。あとは部室で漫画を読んでた記憶と（「漫画部」とかじゃないですよ、念のため）、学校帰りに友だちと本屋に寄って、四時間ぐらいそこで過ごしていた記憶しかない。やっぱりいついかなる時も本と漫画にまみれた生活。今とあんまり変わらないじゃないか。

そういうわけで、ひきつづき精力的に「高校話」を収集中。町で自分の高校時代の話をする時は、耳をダンボにしている私のために、なるべく大きな声でお願いします。そしてその「高校話」が、私の紙の裏の帝国、「理想学園」に反映していくのだわ。共学にしようかしら、もしくは女子校？　男子校でもいいけど、男の子の制服を考えるのはあんまり楽しくないしなあ。ああ、まだまだ決めなければならないことが山積み。学校経営者って本当に大変なのだ。

これなら海賊になってくれたほうがまだマシ、というほど遠い地平に旅立ってしまった私。もう帰り道がわからないわ。なに、案ずることはない。行けるところまで行くのみじゃ。あっ、あなたは弘法大師《こうぼうだいし》様ではありませんか！　うむ、私に任せておきなさい。泉の場所は……ここじゃあ！　プシュウウ！　おお、なんとびっくり。水だ、水が出たぞ！　ありがとう弘法大師様。あなたを記念してここに学校を建てまする！　いま考えてみた「理想学園（建設中につき仮名）」の起源説話でした。

月の光に導かれ

小泉内閣の支持率八十七パーセントってどうなんでしょう。森君の支持率一桁《けた》っていうのもすごかったけど、八十七パーセントっていうのも同じぐらいキ○ガイじみた数字だ。その数字のどちらにもヒステリックなものを感じるが、まあ政治的な発言（？）はこのくらいにしておこう。今日はもうじゅうぶん、政治的な会話をしてしまったからな。

参考までに、アルバイト先で今日交わされた政治にまつわる会話。

ニイニイ（仮名）「気になってたんだけど、小泉さんの髪の毛ってどうよ」

社長「ベッタリキッチリの橋本さんと正反対だね」

わたくし「だまされちゃいけません。無造作ヘアのようだけど、あれは絶対パーマで、彼は毎朝ブローしてます。正反対に見えるけど、実は髪に対するこだわりようは橋龍《はしりゅう》と同じぐらいですよ」

ニィニィ「ホントにあの髪型ってどうよ」(↑まだ気になってるらしい)

しかし私は小泉さんの髪型にイチャモンつけてる場合ではなかった。衝撃の告白をされてしまったからだ。

「ミウラさん、私、クラバーなんだ」

おもむろに切り出すニィニィ。あんまりよくわかってない私。

「え? えっと、くらばー?」

「そう。夜な夜なクラブに行っては踊り狂ってるんです。昨日もバイトの後、徹夜で踊り明かしました。今日も行きます」

ニィニィ……君は、昨日私と一緒に、ここで十一時間も働いたではないか。そして今日も、これから十一時間働くではないか。一体いつ寝るんだね?

しかもクラブ……私は夜は眠いから寝てるため、行ったことがないのでなんとも朧《おぼろげ》気なイメージしか湧《わ》かないが、大音響でピコピコした音楽が流れ、男も女も酒と煙草《たばこ》を手に血眼《ちまなこ》でナンパを繰り広げるという、あの伝説の「クラブ」ですか!

するとニィニィは、そんな私の脳みそを覗《のぞ》いたかのように、

「それ、違う」

と言う。「なんか今、『ナンパ』とか思ったでしょ」

「う……うん。そういうイメージがあるかなあ」

「たしかに、そういうことを目的とした人が集うクラブもある。でも私が行ってるのは、『音楽オタクが辿《たど》り着くさいはての地』のクラブです。そこに集う人々にあるのは、ひたすら音楽を追求する求道的で禁欲的な、修行僧のような心のみ」

「はあ……（知らなかった世界が開かれつつあるのを感じる私）」

「どう説明したらミウラさんにクラブをわかってもらえるか、私もいろいろ考えました。そしてとっておきの喩《たと》えを見つけたのです。ミウラさん、ミウラさんは漫画が好きですよね。そしてそれゆえに、コミケに行ってまで漫画を漁《あさ》らずにはいられませんよね。それと同じです。私も音楽が好きだ。だから、クラブに行かずにはいられない体になったのです」

「わかったよ、ニイニイ！」

感動に震える私。「クラブに通う者の音楽好きの熱き魂はよくわかった。でも恥ずかしいから、私のコミケ通いのことは言わないでー」

求める対象こそ違えど、真摯《しんし》に禁欲的に何かを追い続けているお互いを確認しあった私たち。しかし、「オタク」という点では同じなはずなのに、音楽オタクが「クラブ」に行くのは格好良いが、漫画好きが「まんだらけ」やコミケに出没するのは、なんだか洗練されてないイメージで悲しいわ。チェッ、損だよ漫画オタクは。

ニイニイは、ちょっとやさぐれた私に、クラバーについて優しく教えてくれる。

「クラブに行ってる人間は、まずモテません。『モテる』ってどこの国の言葉？ っていうくらいモテません。みんな音楽に夢中だから、ナンパをしてる暇もないんです。声をかけてくるのは黒人のセキュリティーぐらいで、それすらも、『ええい、うるさい。今聴いてるんだから話しかけてくんな』と、邪険に扱って終わりです」

なんだか物凄《ものすご》い世界だ。

「くらぶ（ぎこちなく平仮名発音）にはどんな音楽が流れているの？」

「それはいろいろですね」

私はしばらく考え、ふと思いついた。

「ポーティスヘッドとか？」

「ああー、そうですね。そういうのもかかります」

そうか。ちょっとクラバーに近づけたようで嬉《うれ》しい。先日、私はCD屋でポーティスヘッドを探した。そろそろ新譜が出ていないかしら？　とチェックするためだ。ところが、ロックコーナーの「Ｐ」の棚をガサゴソと見ても、どこにもポーティスヘッドがないのだ。なぜだ。そんな私の困惑を見透かしたように、棚に一枚の札が刺さっていた。

「『ポーティスヘッド』は『クラブ』の棚にあります」

それで私は、「へえー、ポーティスヘッドって『クラブ』だったのか。ていうか、クラブ音楽ってなんなんだ？」と思ったところだったのだ。それぐらい音楽に疎《うと》い私に、なおもニイニイのレクチャーは続く。

「クラブで踊っていると、なんだか神がかったように頭がブッ飛んでいきます」

ふむふむ。私の頭の中でニイニイの説明は、わかりやすいように「一遍上人《いっぺんしょうにん》の踊り念仏」という言葉に変換される。

「そしてクラバーたちはだんだん、外で踊りたい、という欲求に突き動かされるようになります」

「ええっ⁉ それはみんな、そういう流れになっていくの？」

「たいがいの人は。野外で大音響の中、踊り狂いたくなるのです。それがレイヴです」

はあー、レイヴ。名称は聞いたことがあったが、それがなんなのかはよくわかっていなかった。野外で踊り狂うことなのね。

「するとニイニイは、代々木公園で踊り狂ったりする今様《いまよう》のヒッピーということね」

「そうです。私も代々木公園で踊ったことあります。そしてヒッピーはみな、インドに行きますよね。レイヴァーもインドをめざすのです。インドのゴアで、踊り狂うのです」

なにゆえにゴア……。だんだん話はスピリチュアルな様相を呈してくる。語るニイニイも神々《こうごう》しい輝きに満ちている。

「レイヴイベントはだいたい、天体の運行に関係して開催されます。日蝕《にっしょく》があればレイヴ。月蝕があってもレイヴ。インドのゴアで、世界中から集ったレイヴァーが踊り狂います」

なんだかにわかには信じられない話だ。天体の運行に基づくっていうのも謎《なぞ》だが。そんな私に、ニイニイはそっと一冊の本を差し出した。レイヴァーが書いた、レイヴについての本らしい。私は今日は一日、アルバイト先でその本を読んでみた。ニイニイをこれほどとらえて離さない、クラブ↓レイヴの魅力を知りたかったからだ。

そこでは、インドの苦行僧みたいな風情《ふぜい》のDJが、レイヴについて語っていた。彼はある満月の夜、インドでレイヴイベントをやった。そこにはイベント開催の噂《うわさ》を聞きつけたレイヴァーたちが世界中から三千人ほど集い、踊り狂った。

修行している僧侶《そうりょ》が数時間かけてトリップするところを、優秀なDJなら数分で、音楽によって人々をその状態に持っていくことができるのだそうだ。なるほど。あとは、霊的スピリットが体に満ち、とか、宇宙のシャクティが、とか言っていた。な、なるほど。DJはシャーマンのようなものなのだな。宇宙の声を聞き、それを音楽に変換して人々に聴かせ、高みへと連れていってくれるのだ。

私は、存在の一端に小指の先ほど触れることができた新しい世界にすっかり嬉しくなって、ニイニイに言った。

「あのね、私がこれまで収集したホ○漫画の中に、一冊だけクラブ物があるの。コアなクラバーの話なんだけど、どうも出てくるDJとか、実在の人気の人をモデルにしてるみたいなんだよね。あ、もちろんその人たちを勝手にホ○にしてるわけなんだけど」

「う、うーむ。それは面白そうですね」

ニイニイはやや面くらいつつも、私のガッツを広い心で受け止めてくれる。

「でもね、ニイニイ」

話しているうちに、私はちょっと悲しくなってくる。「漫画オタクとクラブに行くほどの音楽オタクって、実はベン図で重なる部分が、チビッとしかないと思うの。漫画オタクで、かつ、コアな音楽ファンって、あんまりいないんじゃないかな」

私たちは永遠に重なり合うことができないのか？　そんな悲観的な気分になった私に、ニイニイは力強く請け合った。

「大丈夫ですよ！　ミウラさんは、毎晩ネットサーフィンしますよね？」

「するね。カチッ、カチッと不気味にマウスの音を響かせながら、オタク系のサイトをまわっているね」

「私もです。私も、音楽の情報、クラブの情報、レイヴの情報、そういうものを収集するために、毎晩ネットサーフィンします。私たちはつまり、やっぱりオタクという点で一緒なのです」

おお、ニイニイ！　私たちこれからも、己れの愛するものをどこまでも、禁欲的に追い求めていきましょうネ！

生まれた国が違っても、話す言葉が違っても、何かを愛する心に変わりはない。音楽帝国に生まれたニイニイと、漫画王国に生まれた私は、改めてその事実を確認しあい、がっしと砂漠の真ん中で抱き合ったのでした。

白雪姫の毒りんご

最近、少々おむずかりのご様子のマイ・マックちゃん。突然電源を落としたりしちゃうんだ。ンもう！　ホントに困ったちゃんなんだからぁ。なんて、優しく許してやると思ってんのか、この青ざめた機械めが（愛機は青のｉＭａｃなのです）！　いっつもいっつもおまえに隷従《れいじゅう》するばかりの私と思うな。珍しく勤勉に仕事に励んでいるときに、急に「フシューッ」とか言って電源を落とすというのは何事か。君は蒸気機関車なのかね？「フシューッ」って、なんだ一体。しかも、一度ならず二度までも、二度あることは三度あり、仏の顔も三度までと言いながら、四回五回と繰り返されれば、いくら温厚な私だって、「今度やったら本当にブン殴るんだから！　あんたの青い顔をさらに青あざだらけにしてやるんだから！」と言いたくもなる。

でも実際に、マックちゃんが何度目かのため息とともにパッタリと仮死状態になってしまうと、殴るどころかおろおろして、「きゃー、またなの？　どうしたのあんた。一体どうしちゃったのよ」と、あちこち撫《な》でたり優しく話しかけたりする始末（これは比喩《ひゆ》ではない。撫でたり話しかけたりする以外に、私がコンピューターの不調に対してできることなど何もないのだ）。

これだから機械にナメられて、ストライキを起こされるのだろうか。どちらかというと、マックちゃんに搾取《さくしゅ》され、気まぐれに振り回されるだけ振り回されながら労働しているのは私の方のような気がするのだが。

今だってマックちゃんは、「やらなければならないこと」を書いたポストイットを何枚もデコに貼《は》り付け、私ににらみをきかせている。そして、私がちょっとネットの海に繰り出して、カチッ、カチッと波乗りを楽しんでいると、なんの前触れもなく電話回線を切断してしまう。「遊んでないでキリキリ働かんかい！」ということなのか？　それで私は、仕方なく泣きながら陸に上がり、マックちゃんがため息と共にすべてを忘却の彼方《かなた》に押しやってしまった文章を、一生懸命脳みそを探りながら書き直すのだ。あんたの不始末の尻拭《しりぬぐ》いをする前に、少しぐらい海で楽しんできてもいいじゃないのさ。チェッ。

今の私の気分は、毒りんごを食べて仮死状態になってしまった白雪姫のまわりで、「わーんわーん、白雪ちゃんが死んじゃったよう、わーんわーん」と、ただただ泣くばかりの役立たずの七人の小人のよう。ああ、王子様。はやく通りかかって、この忌々《いまいま》しい「毒りんご印」の白雪ちゃんの目を覚ましてやってちょうだい！「大昔の映画のヒロインみたいに、大事なところで気を失ってるんじゃねえ！」とカツを入れてやってちょうだい！

だいたい生き物だったら、お腹《なか》が空《す》いたら何か食べればいいし、具合が悪かったら大人しく寝ていればいい。しかし機械は、調子が悪くても、いったい何をしたら事態が好転するのか素人《しろうと》にはまるで見当がつかないのだ。彼らは静かに、そして突然調子を崩す。まるで企業戦士のお父さんのように、キッチンドランカーのお母さんのように、何も言わずに壊れていくのだ。

私が今、戦々恐々として様子をうかがっている機械は、近ごろ我が家にやってきた最新式の冷蔵庫である。

こいつときたら、ドアのところに画面がついていて、「今日のドアの開閉回数」とかを、頼みもしないのにカウントしては知らせてくる。ちょっとドアを開けっぱなしにして牛乳をゴクゴク飲んでいると、「ドア　ガ　アイテイ　マス」と、バリバリの合成音声で教えてくれる。わかってるっちゅうの！それでも、「あわわわ」と慌《あわ》ててドアを閉める。そして、またもやドアを開けて飲み終わった牛乳をしまい、もう一度ドアを閉める。そうすると、「今日のドアの開閉回数」と「昨日のドアの開閉回数」を並べて表示し、「今日はドアの開閉回数が多いみたい。電気代がかかっちゃうよ?」と、示してくる。どうしろっつうのだ! ぷんぷん。ドアを閉めろと言ったのはあんたじゃろうが!

こういう「会社再建に向けてやる気に満ちた若社長」みたいな冷蔵庫も、十五年も経《た》てば古くなって、いろいろと問題が生じてくるだろう。今まで使っていたような旧式の冷蔵庫だったら、「あらら—、最近どうも霜が付くわねえ。年なのね、あんたも」ですむのだが、この新冷蔵庫が古くなったら、きっともっと複雑に壊れるのだろう。ドアの開閉回数を「今日は1258回です」と無茶苦茶にカウントしてしまったり、ドアが閉じているのにもかかわらず「アイテイ　マス」と連呼しつづけたり。なんだかもう今からげっそりである。こうしてまた、私は機械のご機嫌をうかがいながら生活しなければならない。

と、ようやくここまで書いた。ここに至るまでに家庭内でのバトルが勃発《ぼっぱつ》し、二時間の中断を余儀なくされたのだ。平和の使者として停戦交渉に赴いたら私まで巻き込まれ、そこから新たなるバトルが始まり、なんだかどんどん論点がずれていく。あんたの靴下はいつでも脱ぎっぱなしだ、とか、遅く帰ってきたかと思ったらあとは漫画を読んでゴロゴロしているだけで本当にとんでもない穀潰《ごくつぶ》しだ、とか、とにかく最初の戦闘地帯からは遠く離れたところを攻撃される。激戦は続く。もう私は狂いそうである。ヒートアップしたら、あんたは声が大きくて近所に恥ずかしいと言われる。どうしろっつうのだ！（今回この言葉二回目）

私は複雑怪奇な機械を憎む。しかしそれ以上に、すぐに激昂《げっこう》し、人と争ったりなんだりで無駄なエネルギーを消費しなければならない人間である自分を憎む。ああ、私は冷蔵庫になりたい。誰のご機嫌を気にすることもなく、険悪なムードをものともせずに、「ドア　ガ　アイテイ　マス」とどうでもいいことを朗らかに忠告してみたい。日がな一日ドアの開閉回数を数え、頼まれれば「ミニミニメモ」を見せてやって、「五月……端午《たんご》の節句《せっく》。柏餅《かしわもち》を食べる」などと表示するだけの人生を送りたい。しくしく。

人生劇場　あんちゃんと俺

友人あんちゃん（仮名）と青山に洋服を見にいく。青山っていっても「洋○の青山」じゃないですよ、念のため。コジャレた街をそぞろ歩きながら、最近むくむくと私の身の内で育ちつつある疑念を、あんちゃんに思い切ってぶつけてみることにした。

「あのさー、あんちゃん。最近、私もしかしてレズなんじゃないかって気がしてきたんだけど」

「あー、いいんじゃないですか、それも。でもなんで？」

「だってあまりにも男性という生き物と縁がないんだもん。たまの出会いも活《い》かしきれないし。世の中の半分は男性だというのにさ」

「いや、それは短絡的すぎるでしょう」

まあ、たしかに。男性との恋に縁がないからといって、じゃあレズなのか、というのはあまりにも単純すぎる愚かな論法であろう。

「ミウラさんは、女の人にムラムラくるの？」

「今のところはないなあ。可愛《かわい》い子を見るとウシシって思うけど、ムラムラするのは男の人に対してだわね」

「そりゃあちょっと中途半端《はんぱ》ですね」

「女の子にムラムラくればねえ。『恋の対象もはっきり絞り込めたことだし、いっちょナンパするか』と、喜び勇んで町に繰り出せるんだけど」

「恋愛の対象が異性であろうと同性であろうと、ナンパするかどうかはその人の性格だから、はっきりしたところで、ミウラさんにはナンパは無理じゃないかと思いますけど」

あんちゃんはもっともな指摘をしてから、ちょっと首をかしげた。

「しかし、『ムラムラ』っていうのは、恋愛において絶対に必要不可欠な要素と言えるでしょうか」

「恋じゃなくてもムラムラすることはあれども、ムラムラしないのに恋だということはありえぬのじゃないか、と弱輩者ながら推測いたします」

「なるほど。それもそうですね」

都会の地理がわからない私は、あんちゃんの後をついてまわる。いつのまにか表参道である。夕闇《ゆうやみ》が迫っている。それでも、夏への予感をはらんだ湿気はゆったりと空気中に留まり続けており、フランス料理店の厨房《ちゅうぼう》のドアは開け放されて、忙しく立ち働く四人の男たちの姿が道から見えた。私たちはその前を通り過ぎ、道行く人に感づかれないように、視線は進行方向に向けたまま早口で会話する。

「短髪黒縁眼鏡の細身の男をA、昔はちょっとグレてました系の茶髪の男をB、料理一筋の真面目《まじめ》そうな男をC、三十代前半ぐらいのガタイのいい男をDとしよう」

「了解。はじめましょう」

「B：Aさん、今日店が終わったら飲みに行きません？」

「A：そうだね、でも……」

「C：B、オーダー入ってんだぞ。そんな話は後にしろ」

「B：うっせえな。てめえはイモの皮でも剝《む》いてろよ」

「C：Aさんを困らせるなと言ってるんだ。それにAさんには先約がある」

「A：ごめん、そうなんだ。今日はC君と新しいレシピの研究することになっ

「B‥またAさんを付き合わせるのかよ、料理オタクが」

「C‥俺たちは料理作るのが仕事なんだよ。おまえみたいにチャラチャラ遊んでるヒマはあ・り・ま・せ・ん」

「B：いちいちムカつくんだよ、C。ねえねえAさん、じゃあ俺も一緒に残るよ。そんで料理研究が終わったら、俺と飲もう」

「A：うーん、そうだなあ」

「C：明日も仕事だぞ」

「B：言われなくてもわかってるっつうの。ね、Aさん。ちょっとだけならいいでしょ」

「A：はいはい。仕方ないねえ、君は。この間も同棲《どうせい》中の彼女が怒鳴り込んできたばっかりだっていうのにいいのかい？」

「B：いいんスよ、あいつのことは放っておけば。最近ウザったくてさ、部屋に帰りたくないんだよね」

「C：俺も一緒に行く」

「B：なんでおまえが来んだよ。家でソースの研究でもしてろよ」

「C：俺も行っていいですよね、Aさん」

「A：もちろんだよ。久しぶりにみんなで飲もうか」

「B：ちぇ、せっかく二人でゆっくり飲めると思ったのになー」

「A：あ、Dさんはどうします？　ご一緒しませんか」

「D：遠慮しとく。おまえら、手が止まってるぞ」

「B：Dさんはホントに夜遊びしませんよねー」

「D：三十路《みそじ》越えると次の日がキツイんだよ。明日も朝から仕込みだぞ。遅刻したら承知しねえからな」

「B：へーい」

「A：Dさん、ここの盛りつけ、こんな感じでいいですか？」

「D：ああ、もう少し香草を……」

「A：一緒に来ないんだ？（↑小声）」

「D：ガキの相手は疲れる」

「A：ふーん？」

「D：もちっと離れろ、暑苦しい」

「A：なるべく早く帰るから、嫉妬《しっと》しないで待っててネ、ダーリン（↑小声）」

「D：おきゃあがれ、この野郎。ガキの純情をもてあそんでんじゃねえぞ、シュミの悪《わり》ぃ（↑小声）」

通り過ぎる際に二秒ほど盗み見た厨房内の様子をネタに、遊戯にふける私たち。

「あらら、AとDが実はデキてるんだ」

「そういうことになりましたね。もう一緒に住んでるみたいだ」

「Aはとんでもない性悪だよ、まったく」

「しかし厨房がこんなんじゃ、料理はいつまでたっても出来やしませんよ」

「まーつーわ、いつまでもまーつーわ。待ってるあいだ、厨房を覗《のぞ》いていてもいいのなら」

あんちゃんはやれやれと首を振った。

「人のこと言えませんけど、こんなに男のことばっかり考えてるレズの人っていないと思うんですが」

「まあ考えようによっちゃあ、そうも言えるわね。たしかに、あたしゃあ男のことばっかり考えてるわよ。そのベクトルはどうあれ、たしかにね、ええ」

「まあまあ、やさぐれないで。それにしても、こういう妄想って楽しいですよね。妄想が罪として禁止されたらどうしよう」

「困るわぁ。ちょっとモヤモヤ考えてるとすぐにしょっぴかれちゃって、『妄想抑止ヘッドギア』とか装着されちゃったりしてさ」

「そして罰として過酷な労働をさせられるんです。グリーンランド沖で石油を掘ったり、シベリアを開墾したり」

「しかしそれでもふとした拍子に浮かんできてしまう妄想。バチバチッ。ヘッドギアから電流が！」

「イテテ、もうしないよう。許してくれよう」

「ホントにおまえは懲《こ》りないサルだな、悟空。仏の顔も三度までじゃ。そんで死刑」

「いきなり死刑ですか。たかが妄想で」

「ついつい妄想しちゃう人は、ゴマンといるからね」

「なるほど、労働力はいくらでも供給できるというわけですか」

「おまえらの替わりならいくらでもいるんだよ（↑鬼将校風に）」

「つらい世の中になったものだねえ」

「おばあちゃん、希望は捨てないで。今にいくらでも妄想できる世の中がくるわよ（↑ハ〇ス名作劇場風に）」

いつのまにかまた妄想の世界に遊んでいる。恐ろしい不治の病に冒されてしまったものだ。こんな調子でタラタラ歩いていたら、狭い道をのろのろ走ってきたどでかいベンツのサイドミラーがパコッと肘《ひじ》にぶつかった。イテテ、痛いっつうの。治療費ふんだくるぞ、こるぁ！　と思ったら、乗ってたのが明らかにその筋の人っぽかったので何も言えなくなった。へなちょこ、腰抜けとは私のためにある言葉だ。

ああ、この「青山・表参道散策記」を実録物だと思われちゃったらどうしよう。本当に往来で、暴走する妄想のままに疾走している人間だと思われたらどうしたらいいのだろう。もちろんフィクションですよ。こんな寸劇をやりながら道を歩いたりしません。ええ、決して。決して、ネ。フフ。

二章　水を求めて夏の旅

ぶらりにっぽん大阪の旅

大阪に行ってきました、いえーい。なにが「いえーい」なんだっつうの。最近テンションが低い私ですが、無理やり盛り上げてみました。でもダメだね、こりゃ。低いときは低いなりに、じわじわにょろにょろ行ってみましょう。そういうわけで行ったんですよ、大阪に。のぞみ号でどぴゅーっとね。

なんで大阪かというと、そこでSCHWEIN《シュバイン》のライブがあったから。シュバインってなんじゃらほい、と思う方も多いだろうが、まあ省略して語るとBUCK-TICK《バクチク》（バンド）の追っかけです。バクチクのメンバーの一部が、イギリス人とドイツ人と作ったバンドなのだ。

しかし会場に着くまでが一苦労だった。私は当日大変な寝不足で、なんだか朦朧《もうろう》としていたのだ。着替えもなんにも持たずにふらりと家を出て（母は、「近所に買い物にでも行ったのかと思っていた」そうだ）、みどりの窓口で「今から一番早く大阪に着く新幹線の切符を下さい」と言った。その時点で、夕方からの開演に間に合うかどうかかなりぎりぎりの時間であった。

しかし、窓口のおじさんがパカパカとパソコンで列車を検索してくれている時、私は重要なことに気がついた。金持ってこなかったッスよ！

おそるおそる財布を覗《のぞ》いてみたら、給料日前の最後の一万円札がひらりと入っていた。財布やバッグの中の金をすべて掻《か》き集めたら、なんとか片道分の旅費はあるみたいだ。だがこれではホテル代が払えない。銀行に行っている時間はない。おじさんはすでに切符をジョーッとプリントアウトしている。

「あのー、ここってカード使えますか？」

「ビューカードじゃないと使えないんですよ。なに、お金ないの？」

「うぐぐ、かろうじてあるからいいです」

「一番早いの、って言ったからのぞみにしちゃいました。これ全席指定だからひかりよりちょっと高いんですけど……。でもひかりより二十分は早く着きますから」

がびーん。もういいや、とばかりになけなしの金を払った。ホテル代は大阪で落ち合う「死国《しこく》」在住のYちゃんに立て替えてもらおう。カードで払ってもいい。それに明日になれば銀行に行けるだろう。

本当は新幹線の中で「ボンタンアメ」とか食べて旅気分を満喫したかったのだが、無駄遣いはできぬ身の上だ。売店で何も買わずに新幹線に乗るのはなんとも味気ないがしかたない。所持金が千円切りそうな勢いなのにのぞみ号に乗る。これを贅沢《ぜいたく》というのか貧乏というのかよくわからぬ。

新幹線はけっこう混んでいる。私は三人掛けの真ん中で、両隣はサラリーマンだ。出張だな。私も出張してみたいな、などと考えているうちに、睡眠不足がたたったのかアッという間に眠りに落ちてしまった。

そしてふと目が覚めたら、左隣のおじさんの腋《わき》の下に頭をもぐりこませるみたいな体勢になっていた。うわあああ。私も驚いたが、おじさんもすでに死後硬直が始まっていた。そりゃそうだよな。いきなり隣の席のお姉ちゃんが自分の腋の下に顔をうずめてきたらびっくりするよな。

どうやら寝心地のいいくぼみを探してもぞもぞするうちに、すっかりおじさんに甘えかかる格好になってしまったらしい。期せずして不倫旅行のカップルみたいになっちゃっていた私たち。慌《あわ》てて身を起こして、よだれを拭《ぬぐ》いながら「すいません」と謝った。おじさんは「いえ……」とか言いながら、土左衛門《どざえもん》みたいに座席にくにゃーっとへたばってしまった。姿勢を変えることもできずに、それまでずっと固まっていたようだ。

もしもおじさんに興信所の人間が張り付いていたとしたら、もうおじさんの人生もここまでだ。仲むつまじい私たちの様子をしっかり写真に撮られてしまったことだろう。オフィスに戻ったおじさんを迎えるのは、会社のみなさんの冷たい眼差《まなざ》し。

「あ、荻野《おぎの》君、君は今日から品川の倉庫番になったから」

訳がわからず傷心のまま家に帰ると、電気は消えていて食卓の上に妻の判が押された離婚届が……ああ、おじさんごめんね。私が責任とりますから。と思ったのにおじさんは名古屋で降りてしまった。なんだ、ちぇ。

枕《まくら》を失った私は、それからぐらんぐらんと豪快に頭を振り回して新大阪まで運ばれていった。

大阪って私にとってホントに未知の街なのです。いったいライブ会場はどこにあるのか？　うろ覚えの最寄り駅の名前を必死に思い出そうと踏んばる私。コスモポリタン駅？　なんかそんな名前だったわね。きっと新しく開発された埋め立て地だろう。東京で言うところのお台場みたいなところだろう。そう推測し、とりあえずは大阪駅に向かうことにする。

エスカレーターの左側にボーッと立っていたら、後ろから怒濤《どとう》の勢いで人々が上ってくる気配がする。ええっ？　と思ってまわりを見回すと、なんと、ボーッと立ち止まったまま運ばれていきたい人は、右側に立っているではないですか。東京と逆だ！　水牛の群に追われてんてこまいのガゼルみたいに、慌ててエスカレーターを駆けのぼる私。追い立てられるままにほとんど勘で在来線に飛び乗り、無事に大阪駅に着く。そこで駅員に「コスモポリタン駅に行きたいんですが」と聞くと、「そりゃコスモスクエア駅ですわ」と即座に突っ込まれた。さすが大阪人。いやそういう問題じゃないな。うろ覚えな自分が恥ずかしいよ。

コスモスクエア駅の周辺は案の定、野原だった。どこじゃい、ライブ会場は。ここからはもう私の愛の嗅覚《きゅうかく》にかかっている。ふんがふんが（空気を嗅《か》ぐ音）。こっちじゃあ！

まったくの反対方向に確信を持って歩いちゃったりしつつも、無事に会場に到着。開演時間を守ったためしのないバンドの皆さんのおかげで、なんとか間に合うことができた。

余裕を持って大阪に到着していたYちゃんと合流したとたん、「金ないッス」と宣言しておく。Yちゃんはいつもながら、「ええよー、貸しておくー」とおっとりとしたものだ。これで今夜は心おきなく人の金で豪飲できる。

ライブは楽しかった。基本的に肉ばかり食べている人たちの底力を見る思いだった。バクチクから参加しているメンバー（ボーカルとギター）は、日本人にしては背も大きい方で、特にボーカルなんてロシア人説が（私の周囲で）出るくらいに濃い顔をしている。ところが、イギリス人のレイモンド君（ボーカルとしてシュバインに参加）に比べると、ものすごく華奢《きゃしゃ》に見えるのだ。体格もそうだし、ステージパフォーマンスもそうだ。

レイモンド君は「おいおい、二メートルはあるよ、こいつ」というぐらいデカくて、顔もアントニオ・バンデラスみたいに濃い。その濃厚な大男がステージ上を闊歩《かっぽ》し、歌いながら自分の口で「シュバビシュバポッ」とか妙な音を出したり（「人間エフェクター」と命名してあげた）、なんかしゃべるのかな、と思うと「ファック」を百回ぐらい連発したり、コーラスのナイスバディな女性と、ウブな日本人は顔が赤らんできちゃうぐらいに公序良俗違反めいて濃密に絡《から》んだり、とにかく「グレートブリテン島の暴れ馬」的な活躍ぶり。やっぱり米と豆腐ばっかり食べてきた人間は戦争には勝てません。ライブを見て、平和を希求する心を再確認するのであった。

Yちゃんはいついかなる時もあっちゃん（バクチクのボーカル）のみを見つめ続けるという驚異の「あっちゃんスコープ」の持ち主なのだが、さすがに今回のライブでは、「レイモンドが邪魔するせいで見失いがちやった」そうだ。Yちゃんによると、私がコスモスクエア駅から「愛の嗅覚」のみではすぐに会場に辿《たど》り着けなかったのも、「レイモンドの体臭に惑わされたせいよー」だそうだ。ううーん、そうかもネ。

ライブハウス周辺の店はなぜか十時閉店で（飲み屋なのに……）、Yちゃんと私は三十分で各々《おのおの》の片口になみなみと入った日本酒をぐびぐび飲み干すはめになった。もちろん私は支払いはすべてカードだ。ホテルでも買い込んだ酒をぐびぐび飲む。どうして私たちは大阪の街を散策、とかせずに部屋で飲んでばかりいるのか。

翌日は梅田の地下街で古本屋をつぶさにチェック。有り金をはたいて昔の少女漫画を安く大量に買う。買ってから、これを抱えて東京に帰るのか、と気づいて呆然《ぼうぜん》とする。重いッス。でも財布は軽い。少女漫画をぶらさげたまま、またもやうっかりとエスカレーターの左側に立ってしまい後ろから追い立てられる。腕が引きちぎれそうなぐらいの漫画を持ったまま、カードを使えるみどりの窓口を探して彷徨《さまよ》う。

そのまま地下街でひからびてしまうかと思ったころ、ようやくみどりの窓口に辿り着いた。家に帰ると母親が、「あんた昨日はどこに行ってたの」と言う。娘が買い物に出た（と母は思っていた）まま一晩行方不明だったなら、PHSに電話ぐらいしてくれよ。「大阪」と言うと、「大阪まで漫画買いに行ったの!?」と呆《あき》れられた。そんなわけがあるかい！　さすがにそこまでの漫画好きじゃないぞ。結果としてそう思われてもいたしかたない姿になってしまっただけなのだ。

道頓堀《どうとんぼり》や通天閣がどこにあるのかはまったくわからないままだったが、じゅうぶんに有意義な大阪旅行であった。

常夏《とこなつ》の恋

大阪で水にあたっていらい、なんだか胃腸の具合がすぐれません。すべてを出しつくしたはずなのに、まだなにか腹部に膨満感が残っている。

最近、下を向くとどうも視界を邪魔するものがあるなあ、と思っていたら、ほっぺたの肉だった。確かに私は頬骨が出っ張ってるのだが、それにしても肉色の小山がいつも以上に膨らんでいる。内臓機能の低下のせいで、どうやら顔がむくんでいるらしい。いや、むくみだと思いたい。ただの贅肉《ぜいにく》だとしたら……腹部も膨満ではなくただの肥満だとしたら……ああ！

しかしなんで水にあたるかなあ。こんな脆弱《ぜいじゃく》な内臓では、インドとか行けないではないか。ま、インドに行ってみたいと思ったことは一度もないのだけれど。というより、飛行機に乗らないと行けない所にはあまり行きたくないのだ。何を隠そう、私の見る悪夢の中で、「頻度と恐怖感ナンバーワン」は、「飛行機に乗っている(そして墜落する)夢」だ。本当に飛行機は嫌いでごわす。乗る前は恐怖と緊張のあまりむっつりと黙り込み、「なんか怒ってる?」と聞かれるぐらいだ。怒ってるんじゃなくて、泣きそうなのを我慢してるんです。乗っている間も、手足を冷たくしたまま地蔵みたいに硬直している。もちろん立って機内を歩くなんてできない。だってものすごい空の上にいるんだよ? 頼りない鉄の塊に乗って、空を高速移動中なんだよ? そんな中を歩くなんて、どういうことなのかうまく理解できないし、私が歩くことによって重心が傾いたりしちゃったら……おお!

だからいっつもトイレに行きたいのを我慢してる。そして我慢に我慢を重ね、もうどうにも辛抱たまらんと思った時には、着陸に備えてシートベルト着用サインが出ており、身動き取れなくなっているんだ!

一度、ものすごいへっぴり腰で意を決してトイレに入ったらシートベルトサインが出て、私は動揺のためにほとんど用を足す手順を忘れたほどだった。あの時はどうしてもトイレットペーパーがどこに付いているのかわからず(↑焦《あせ》りのため)、ここだけの話、手を拭《ふ》く用の紙で拭いて、流すのはまずいと思ったから汚物入れに捨てた。そこまで気が回るなら結構冷静なんじゃないかとも思うけれど、私の中で渦巻いていたのは、「あわわわわ」という叫びのみだった。

空中＋閉所＋用足し中＋シートベルトサイン。もう慌《あわ》てるなと言う方が無理である。いっそのこと便座にもシートベルトを備え付けておいてくれればいいのに。便座に縛り付けられたまま乱気流のただ中に放り込まれる私。それもまた一興。うそ。いやです。

そんなわけで、飛行機に乗ればヨーロッパまで楽々行けてしまうような時間をかけて、夜行バスで福岡まで行ったりしているのだが、考えてみれば、それもけっこう時間の有効利用かもしれないとも思う。国内だと飛行機に乗ろうにも空港まで遠い。目的地の空港に着いてからも、中心地から離れていることが多い。ちょうどいい時間の飛行機が取れなかったりね。だから、寝ながらバスに運ばれたり、さっさと電車に飛び乗って、後はグーグー寝ながら運ばれたり（寝てばっかりだ）するのが、案外私の心身には向いているのかもしれない。飛行機の中ではどう頑張っても眠れないから、つらさも二乗だ。と言っても、三時間以上乗ったことがないのだが。

なんでこんな話になったのかしら。そうだ、夏に向けての私の気持ちの高揚が、旅の話に導いたのだ。あー、どこかに行きたいなあ。夏が一番好きだ。洋服をあんまり着なくていいから。

毎朝毎夜の着替えが面倒でたまらない私にとって、夏は本当に心躍る季節。ペロッと脱いでペロッと着るだけでいいんだもん。楽チン楽チン。あんまり暑いようならパンツ一丁でもいいんだもん。楽チン楽チン。捕まりたくないという理性を捨てきれず、あくまで部屋の中だけに留めている自分がちょっと歯がゆい。

どこに行くあてもなく、休みを取れるかどうかもわからないのだけど、でも夏のことを考えるとうきうきしてくる。実際に夏にめくるめく恋や冒険があったためしなどないが、毎年こりもせず、「夏」というイメージ映像だけでもう楽しい気分になってくる。いざ夏がやってくると、部屋に散乱する漫画を押しのけて、「あぢぃ」とトドのように床に転がるだけの生活のくせに。

と、まあ夏へのドリームはこのぐらいにしておこう。今日たまたま、古今集の中で気になる歌を見つけてしまった。まあ、古今集を常にかたわらに置いているのね、風雅なお人、なあんて思わないでネ。思わないと思うけど。アルバイト先でパラパラと本をめくっていて偶然目についたのだが、こんな歌だ。

ちりをだにすゑじとぞ思ふ　咲きしより　妹《いも》とわが寝《ぬ》るとこなつの花

by みつね

「みつね」っつうのは、「(相田)みつを」の打ちまちがいではない。私が常々、「この人どんな人だったんだろう」と気になってしかたがない凡河内躬恒《おおしこうちのみつね》のことだ。

彼は平安時代は売れっ子の歌人だったようなのだが、近代になって正岡子規に、「アホな歌詠《よ》むな」という勢いでけなされている。たしかに技巧につぐ技巧を駆使していて、「宮廷歌人だったのね……」と言うしかない歌なのだが、そんなに悪いとは私は思わない。職業として歌を詠むことで、宮廷になんとか居場所を見つけていたのだろうか、とか、それでも好きじゃなければこう沢山は詠めないよなあ、とか、いろいろ空想させてくれる。

そんな「みつね」氏の前記の歌。意味は、「この常夏の花は、咲いてからというもの、まあたとえて言えば、おいらとハニーのラブラブのベッドみたいに、チリの一片すら積もることがないぐらい大事にしてきた花なんだよーん」といったところか。もちろんぬかりなく、「とこなつ」の「とこ」は「床」との掛《かけ》詞《ことば》らしい。

まあそれはいい。歌はどうでもいいのだ。問題なのは、この歌がどういう状況で詠まれたかということで、なんと、「となりより、常夏の花をこひにおこせたりければ、惜しみてこのうたをよみてつかはしける」、つまり、「隣の人が、『あんたの家の常夏の花をちょっとちょうだい』と言ってきたのを、『やだよーん。誰がやるかよ、もったいない』と断った時の歌」なのだ!

みつねー。やれよ、庭に咲いている花ぐらい。ケチだったのか、こいつ。技巧をきかせた歌を得意とする宮廷歌人（ケチ）。やな感じ。

ところで、「ベッドに埃《ほこり》が積もる間もないぐらいラブラブのハニー」とか言ってるみつね君ですが、こりゃ嘘《うそ》ですね。歌の常套句《じょうとうく》としてそう言ってるだけで、この人たぶんラブラブのハニーなんていなかったよ（いたらすまぬ、みつねよ）。だって、みつね君の恋の歌って、ちっともやる気がないんだもん。「いちおう世の中では恋の歌を詠まないといけないことになってるから詠んでおくか、やれやれ」って感じの歌が並ぶ。

長しとも思ひぞはてぬ　むかしよりあふ人からの秋のよなれば
（秋の夜は長いって言われてきたけど、そんなの会う相手によるよねー）

これが恋歌？　ただの感想っていうかなんていうか、もう。この歌の直前に置かれている小野小町《おののこまち》の歌は、

秋の夜も名のみなりけり　あふといへば事ぞともなく明けぬるものを
（長いと言われている秋の夜なんて、ホントは名ばかりでちっとも長くないのよ！　ダーリンと会ってるとナニする間もなく〔↑意訳〕朝になっちゃうんだからさあ、もう！）

と心情が込められているというのに。

他にもみつねときたら、

君をのみ思ひねにねし夢なれば　我が心から見つるなりけり

とか歌っている。「あんたのことばっかり思って、思いつめて寝たら夢を見たよ……」と言うから、「お、いい感じ。頑張れ、みつね」とエールを送るのに、「やっぱ夢って俺自身の心が見せるものなんだなあ」というオチ。「恋しい人が夢に出てくるのは、その相手が自分のことを思ってくれている証拠」というう平安時代のお約束を見事無視。「君もぼくを想《おも》っていてくれるのかい?」とかいうロマンティシズムはいっさいナシ。「こんなに思って寝りゃあ、そりゃ夢にも出るわな」と、なんとも醒《さ》めてる。だからそれは「恋歌」じゃなくてただの感想だってば!

みなさんもぜひ、この官位が低くて技巧ばっかりでケチで恋歌の下手なみつね君を応援してあげてくださいね!

これも一種の心は錦《にしき》

へろへろー。これは今の私の状態を表す言葉じゃなくて、ご挨拶《あいさつ》です。夏仕様の挨拶ということで、ちょっとハワイアンな感じに、「へろへろー」。うっとうしい梅雨空の下、いかがおすごしですか。

私は電話の音にびくつく毎日である。実は、PHSの料金の支払いが滞ってしまって。いや、いつものことなんだけど。でも、たかが二カ月分払えなかっただけなんですよ? 特に私はちっとも通話していないから、二カ月分といっても一万円にも満たない額です。ま、そんなこと言うならさっさと払えばいいのだが、どうしても払えない時もあるのさ。

ところが、ちょびっと滞納すると即座に電話をかけてくるのですよ、DD○は。それも、PHSにかけてくればいいものを、自宅の方にかけてくる。毎日。昼間に。当然私は家にいないので、母が電話に出るわけだが、「何か伝言があれば伝えますが」と言っても、「いえ、ご本人じゃないとちょっと。送付してある書類をご覧下さいとだけお伝えください」と答えるらしい。もったいぶりおって――。「おたくの娘さん、支払いが滞ってるんですけど」とスパッと言ってくれればいいのに。本人じゃないと駄目なのなら、どうして確実に本人が出るとわかっているPHSの方にかけてこないのだ。ぷんすか。

おかげで私は毎日のように母親に、「早く払いなさいよ。まったく恥ずかしいわねえ。そういうことはきちんとしないと駄目でしょ」と小学生のように叱《しか》られる始末。これがDD○の作戦なのか？　しかしなんと言われても無い金は払えん。「もうちょっとしたら払えるからさ……」と、背中に哀愁を漂わせながら漫画を読むのである。

その中でも特におもしろかったのが、里中満智子《まちこ》の『彼方《かなた》へ！』(講談社)だ。大阪で大量に買い込んできたものの中の一作。以前にあんちゃんに借りて読んではいたのだが、読み返してもやはり笑えた。いや、ものすごくシリアスな話なんだけど、随所で笑えるのだ。人間は時に、真剣になればなるほど滑稽《こっけい》に見えてしまうことがある。そんな哀《かな》しい法則を感じる。

高校で水泳部に所属している真幸《まさき》ちゃんは、母親の再婚により、部のヒーローである憧《あこが》れの将さまと兄妹になる。将さまを巡って、麗子さま（お蝶《ちょう》夫人みたいなキャラ）と恋の鞘当《さやあ》てがあったり、楽しみどころはいろいろあるのだが、さすが里中満智子だけあって、けっこう設定がドロドロしている。

真幸の母親と将さまの父親は、どうやら昔から不倫の関係にあったらしいのだ。将さまはそのことで自分の母親が苦しんできたのを知っているので、とても潔癖な恋愛観の持ち主。「恋は一生に一度だ。一生かけて愛しぬきたい」などとキラキラと言い切ってしまうほどだ。だから、真幸ちゃんと惹《ひ》かれあっているのだが、その気持ちをすぐに受け入れようとはしない。

そんな調子で、思い詰めやすくわりと根暗な将さまは、ある晩、水泳部のコーチ（女）とやけ酒を飲み、酔った勢いでモゴモゴ……。もう私の期待はいやがうえにも高まるのだ。

翌朝、見知らぬベッドで目を覚ました将さまは、

「ああ……ぼくはなんてことを……！　愛もないのにこんな……こんなことを……」

と、私の期待どおりに苦悩してくれるのであった。そして、隣で寝ているのがコーチだと気づいてから七コマ目には、早くも、「いいわけなんてできない

……責任を……コーチと結婚……」という結論に到《いた》るのだった。

うーん、すがすがしい朝の光の中で、ぐるぐると苦悩し、七コマで結論を出す将さま。根暗かつ短絡的という救いがたい性格だが、この情けなさがなんとも魅力的だ。これ、私が生まれた頃に描かれた漫画なのだが、当時はみんなこんな感じだったのだろうか？　いや、いくら四半世紀前（うぐぐ）といえども、やっぱり将さまみたいに「責任を！」とか言っちゃう人ってあんまりいなかったんじゃないかと思うのだが、どうなんだろう。

とにかくその後も、真幸ちゃんと将さまは実は本当の兄妹だったことが判明したりして、二人の恋はますます前途多難。全三巻の中で、怒濤《どとう》のようにありとあらゆる苦難と苦悩が降りかかるさまが描かれるので、ぜひとも読んでみてください。お話として楽しめるのももちろんだが、今となってはツッコミどころ満載なのがまた楽しい。こういう濃い作品をたくさん描き、今も第一線で活躍している里中満智子はやっぱりすごいと思う。全作品を集めるぞ、おー。古いものはなかなか見つからないし、あっても高かったりするので、足を棒にしていろいろ古本屋をまわってしまうのだ。

里中満智子の描くヒーローって、基本的にすごく真面目《まじめ》で潔癖なだけに、

「ちょっと息がつまりそう」という感も否《いな》めない。包容力がある、というよりも、愛の檻《おり》に入れられているような……。どちらかというと、大和和紀《やまとわき》の描く男の人の方が私は好みだ。里中満智子と大和和紀を並べる根拠はあまりないのだけれど、同じく講談社で描いてきた人だし、どちらも今も活躍する少女漫画の大御所だし。

そういうわけで、『彼方へ!』を読んだ流れで、同じく三巻で完結する大和和紀の『菩提樹《ぼだいじゅ》』(講談社)を読み返してみた。これは、『彼方へ!』が描かれたのより十年ほど後に発表された作品だ。そのぶんマイルドな味わい。というより、大和和紀は里中満智子に比べると全体的にマイルドな作風と言えるだろう(しかし、昭和五十年前後の大和和紀の作品にはかなりイッちゃってるのもある)。

幼い頃に両親を亡《な》くした麻美ちゃんは、謎《なぞ》の篤志家《とくしか》「あしながおじさん」の援助で医大に入学する。個性的な友人たちに囲まれた青春が描かれるのだが、なんといっても麻美ちゃんに思いを寄せる男が魅力的なのだ。遊び人のように見えて男気たっぷりの森次くんもかなり格好いいが、麻美ちゃんが恋してしまう早坂教授(若い)もいい男。ちょっと陰があって、教授室でシューベルトの

「冬の旅」を聴いているの。キャー。

教授の翳《かげ》りは何に起因するものなのか？　そして「あしながおじさん」とは誰なのか？　フランクフルトで麻美とともに、病をおして一本の菩提樹を探そうとする早坂教授。異国の地に駆けつけてきた麻美に、教授は穏やかに微笑《ほほえ》みながら言う。

「きみと……冬の旅がしたくて……」

キャアアー。こんな調子で大丈夫なのか、私。悪い男にコロッと騙《だま》されるんじゃないか。そんな危惧《きぐ》も吹き飛ぶほどに、大和和紀の描く男性キャラには胸キュンなのであった。

いやあ、ＰＨＳの料金を滞納していることなんて、小さい小さい。まばゆいばかりの少女漫画の世界に浸っていると、そんな些事《さじ》は忘れてしまうわ。ていうか忘れたいわね。でも駄目ね。今日もきっと電話がかかってくるわね。ふう。

罪深いがゆえに人は

「ねえ」

「もう言わないで」

「でも、やっぱり……」

「どうしようもないことなんだから諦《あきら》めて」

ここは新宿、スターバッ◯ス・カフェ。テラス席に陣取ったジャイ子と私は、道行く人々を眺めながら、深刻な顔つきで話し合っていた。

「諦めろって言われてハイそうですか、って諦められるもんならこんなに辛《つら》くないわよ」

「それもそうね。でも私たち、それに耐えなきゃ」

「ああ、なにか決定的に嫌いになれるようなことを挙げてよ。諦めろって言うぐらいなら嫌いにならせて」

「別れはいつも苦いわね……」

折から降りだした雨を避けるため、私たちは狭いひさしの下に椅子《いす》を並べて座っている。ジャイ子と私はいま、別れ話の真っ最中なのだ。

「大は小を兼ねるって言うよね」

とジャイ子は新たな局面を切り開こうとする。私はそれをさえぎった。

「待って。あなたが言いたいことはわかるわ。でも私にもお金はないのよ。今月も支払いが滞っているものが……ゲホゲホ、ウン万単位であるんだから」

「いいじゃないの、カードで払って。そのくらいの甲斐性《かいしょう》見せてくれてもいいでしょ？」

甲斐性？　今さら僕に甲斐性を求めるのかね、ジャイ子。君は今まで、僕に甲斐性がないことを知っていて、それでもつきあってくれていたのではなかったのか。

「……いいわ。それがお互いのためになるのなら、この際カードで払うっていうのも、確かに一つの手ではあるわ」

「そうと決まれば」

ジャイ子はウキウキと携帯電話を取り出す。「さあ、電話するのよ。もちろん、しをんもかけるのよ」

スターバッ〇スのコジャレたテラスで、東京中のコム・デ・ギャルソンに猛然と電話をかけはじめる私たち。

「もしもし、在庫があるかどうか探していただきたいんですが、品番は〇〇で、黒いワンピースなんですが……」

そう、私たちはコム・デ・ギャルソンのワンピースに一目《ひとめ》惚《ぼ》れしたのだ。値段は十三万円。もいちど言うが、十三万円！　だ。私たちはそれを、池袋の東武百貨店で見つけた。ものすんごく可愛《かわい》くて綺麗《きれい》なの。長らくギャルソンの服を見てきたが、これほど琴線に触れるものはなかった。それぐらい私たちはその服を気に入った。サイズがSだったので、ジャイ子が試着した。着たらまあ、ますます良いのだ！

黒のノースリーブのワンピース。腹のあたりまではわりとぴったりとしていて、そこから裾《すそ》までがふんわりと広がっている。裏地は白に黒い大きめの水玉模様で、それが表に少し映って、まるで地模様のような効果を生みだしている。裾は折り返されていて、裏の水玉模様が見える。後ろに入ったスリットのために、動くと本当に芸術的な流れを見せる。柔らかすぎず固すぎないシルエット、怪獣のようにユーモラスかつ非常にエレガント。ああ、人間に生まれたからにはこういう服を着たいものだ。

私たちは何時間も、そのワンピースを自分に諦めさせるべく語り合った。しかし、どうしてもふんぎりがつかない。Mサイズなら、私も入るだろう。それでジャイ子は、Mを探して買って、それを二人で共有しようと言っているのだ。

誇張ではなく東京中のコム・デ・ギャルソンに在庫の有無を聞いた。

「失礼ですが、お客様はどういうことでその服をお探しなんですか？」

「いや、どういうもこういうも、ただの客です。欲しいんです」

かなり訝《いぶか》しがられながらも、熱心に問い合わせつづけた（今なら、東京にあるギャルソンの店をすべて言うことができる）。しかし無駄であった。在庫はSサイズは東武にあったもの一着、Mサイズも名古屋に一着しか残っていないということだった。

再び膠着《こうちゃく》状態に陥る私たち。

「なにかあの服に難点はなかったの？　着てみたら暑かったとか、重かったとか」

「それが何もないのよ。あんがいサラッとしてて着心地いいし、ボリュームがあるわりに軽いし」

ぐおおお、欲しいよー。アイスカフェラテを飲みながらもだえ苦しむ私たち。

「だいたいしをんが、ギャルソンなんか見るからいけないのよ。せっかく欲望を抑えようと思って、最近は伊勢丹にも近づかないようにしてたのに」

「いや、うっかりしたんだってば。今日も欲望百貨店（新宿伊勢丹の別名）を避けたし、もう物欲をくすぐるものはないだろうと安心していたら、思わぬダークホース出現よ」

「ふだん行きつけていない池袋東武で物欲にとらわれてしまうとはね」

ジャイ子は道を歩く妊婦に目をとめる。「いいこと思いついちゃった。妊娠したらあのギャルソンの服を着るの。可愛いと思わない？」

「なるほど。マタニティとしても着用可よね、あの服」

「なんだか恐竜のタマゴとか産めちゃう気がする。うおーん」

「あの、ところで、ジャイ子は妊娠の予定があるの？」

「ないわよ。子ども嫌いだもん。でも十年後とかに気が変わって子どもができたとして、その時にすらあの服は活用できるのよ、と、そういうことを私は言いたいわけ」

「ダメじゃない。私たちはいま、あの服を必死で諦めようとしているのに。効用を説いてどうするの」

「そうだった。でもいいところしか思いつかない」

「ねえ、靴はどう？　あの服は靴を合わせるのが難しくないかしら？」

「うーん、そんなこともない気がする。サンダルでもいいし、コンバースでも格好いいし」

「そうか……涼しくなってきたら、ゴツいブーツを履くのも面白いかもね」

またもや自分の言葉に購買意欲を刺激され、もだえ苦しむはめになる。服って本当に罪深いわ。いちじくの葉っぱで裸体を覆《おお》ったその時から、服とはかくも罪深いものに定められたのであろうか！　などと演技している場合ではない。一刻も早くあの服を諦めないと、私たちの精神に平穏が訪れないのだ。

「月並みだけど、やっぱり一番の問題は値段だよ」

「そうね……あれ一着でいったい何カ月食べられることか」

「あの服のためにバイトに精を出したところで、金がたまったころにはもう売り切れだし、考えてみれば私たち、蜃気楼《しんきろう》のお城を夢見ている遭難中の砂漠の隊商のようなものよ」

「くすんくすん。さっきはカードで買ってくれるって言ったのに」

「（ビクッ。買ってあげるわけじゃないやい）お金がない時にカードを使うとね、ほらまた督促の電話がかかってきちゃうしね」

「私、忘れようと思う。きっぱり、綺麗さっぱりあの服のことは忘れる。夢だったと思うことにする」

「そうしよう。それがいいよ」

　二時間かけて話し合い、東京中のコム・デ・ギャルソンをお騒がせした末に出した結論が、「忘れる」だ。「あの服」という罪に対抗しうる術《すべ》は、もはや「忘却」しか残されていない。

「晴れてきたね」

「うん」

「私たち今日、池袋に行った気がするんだけど」

「気のせいでしょ」

「そこで何かを見たような覚えがあるんだけど」

「夢でも見たんだよ」

「そうね、夢よね」

時には過去を振り捨てねば、前に進めぬこともある。進むぐらいならあの服と、逃げてみようか夏の空。できぬことをと寂しく笑い、唇かんでまた進む。嗚呼《ああ》、金もないのにいずこへ行くか。一夜の夢さえ忘るるさだめ。背中のおできも泣いている。

つい東映調でナレーションを入れてしまうのである。

罪深いがゆえに人は惑《まど》う。その真理をコム・デ・ギャルソンに見たり。それにくらべれば人畜無害と言っても差し支えない多くの服たちよ。安寧は精神を摩耗させ、偽りの満足のうちに惰眠をむさぼらせる。私は懊悩《おうのう》の道を行こう。苦悩と茨《いばら》の道を……！

などと気高く言ってみたりして、結局のところ、欲しい服があまりにも高すぎ、金がなくて買えませんでした、ということなのだが。

「ああー、ボーナス欲しい！」

とはジャイ子の叫び。いや、そろそろ目を覚まそうよ。ボーナスあっても、普通は十三万円の服は買えない（というか買わない）ってば。

キメきれない

一つの法則を発見した。

ヴィトンのバッグを持っている女性は、街で配っているビラを決して受け取らない。いや、「古本屋のビラ」と限定したほうがいいのかもしれないが、とにかく彼女たちは絶対に手を出してこない。ここ二カ月ほどビラ配りをした結果の、法則発見である。

「古本屋でーす。安売りしてまーす」と言って、道行く人にビラを配るわけだが、一番もらってくれるのはオバサンだ。「安売り」という言葉に敏感に反応する彼女たちの姿を見ると、なんだかこちらが照れちゃうような、安心するような、そんな気持ちになる。

反対に、もらってくれないのはアベック（死語）。その理由は、1、手をつないでいる。2、自分たちの世界に夢中。の二点にあるのではないかと推測する。しかし、そんなラブラブアベックをも上回り、「ビラをもらってくれない度」堂々ナンバーワンに輝くのが、ヴィトンのバッグを持った人なのだ。街にはこれほどヴィトンのバッグを持っている女性が大勢いるというのに、この二カ月間でビラをもらってくれたヴィトン保持者は、なんと一人もいない。

ヴィトンじゃないバッグを持っている時には、ビラを受け取ることもあるのかな。それとも、「ヴィトンを買うという選択をした時点で、「もう私は一生ビラは受け取らない」」という決意が芽生えるのだろうか。たとえば中田（サッカー）は、ビラを受け取ってくれるかしら。

そんなことをしゃべっていたら、友人Rが、「ところであんたのそのバッグ、シャネル？」と聞いてきた。私たちは、高校時代の後輩のウエディングパーティーに出席すべく、花火客でにぎわう横浜駅にいた。ウエディングパーティー用にドレスアップした私たちではあるが、しかし私はその質問に驚いてしまった。そのバッグは、「この服に合うバッグは何かないかしら？」と押入をゴソゴソやって、奥の方から引っぱり出してきた物だったからだ。一体いつの時代のものなのかも定かでない、籐《とう》でできている白くて丸っこいバッグだ。フォルムは言われてみれば、そこはかとなくシャネルの香りがしなくもない。家の押入の奥にシャネルのバッグが眠っていたなんて！

しかしどうも信じきれなくて、私は「ええー？」と首をかしげる。

「なんかほら、留め金のところにシャネルマークがついてるわよ」

とRがなおも指摘するので、バッグを持ち上げて、まじまじとマークを見てみた。Rも覗《のぞ》き込む。たしかに、シャネルのマークである「C」が二つ絡《から》んだ小さな飾りが、留め金部分についている。

「おおー！　シャネルだ！　まさか本当に押入の奥からシャネルが出現するとは！」

ブランド物があったという事実がやはり嬉《うれ》しくて、私はうきうきとした。だが、何かが違う。私たちは間違い探しをするように、じっくりとそのマークを眺めた。そうしたら恐ろしい事実に気がついてしまった。なんと、二つの「C」のうちの一つに、なんか余分な尻尾《しっぽ》が生えているのだ。こ、これは……。

「ねえ、R。これってCじゃなくて……」

「Gだね」

Rは爆笑し、私はため息をついた。

「やっぱりね。シャネルがあるわけがないと思ったよ」

「一瞬の夢だったねー」

「ああ、恥ずかしい。あきらかに偽物《にせもの》のシャネルのバッグを持って、若者満載の横浜まで来てしまったよ」

私は留め金部分を体の方に向けて、見えないようにして歩くことにした。マークの存在に気づかずにものすごく堂々と持ち歩いていたから、たぶん道行く人もみんな、これが偽物だなんて思わなかっただろう。そう考えて自分を慰めることにした。

どうしてこう、どこかが抜け落ちてしまうのだろう。その時だって、後輩に恥をかかせまいと、頑張ってきちんとした格好をして化粧も（汗でほとんど溶けたけど）して街に繰り出したのに、まさかバッグがバッタ物だなんて！　詰めが甘い。ガクリ。

Rと落ち合う前、私は横浜の丸井にいたのだが、その時にも「どうしてだー！」ということがあった。

丸井も、「花火の前に買い物するべ」という若者でごった返していた。人でいっぱいのエスカレーターに乗って、私がズオーと運ばれていくと、上がり口で佇《たたず》んでいた老女が、「ちょっと、ちょっとすみません」と声をかけてくる。

なんじゃらほい、私はまだ上の階に行きたいのだが、と思いつつもエスカレーターの踊り場で足を止めると、その婆《ばあ》さんは言った。

「しょうせんの乗り場に行きたいんだけど」

「は？」

ショウセン？　私は一生懸命、聞き慣れぬ言葉に漢字を当てようとした。ピカーン（思いついた音）。商船か？　横浜だしな。しかし商船乗り場なんて知らないぞ。と、そこまで考えて、何かがおかしいと思った。目の前の老女が船に乗るわけがないような気がした。婆さんは、

「ごめんなさい、私、耳が遠くて」

と言う。私はまだ何も言ってないぞ。その時、天啓があった。省線だ！　JRになってはや幾年《いくとせ》。今となっては「国電」と言う人すらほとんどいないというのに、この婆さんはJRのことを省線と言ったのだ。ううーむ。活字の世界でしか知らなかった言葉を現実で聞いてしまった。

「あのー、電車のこと？　国電（婆さんに歩み寄りを見せる私）のことですか？」

「はい？」

「国電のこと？」（大声）

「そうそう。新杉田まで行きたいの」

やった、通じた。発掘された石に刻まれた象形文字を必死に解読したはいいが、これで本当に合っているのだろうか、と不安だった言語学者がタイムスリップし、その文字を使う人々の世界に放り込まれ、「おお、わしの解読は正しかった！」と感激する気分、と言えようか。

「それなら、下の階に下りて、地下通路を」

「はい？」

ええい、かなり耳が遠いな、この婆さん。

「下の階に下りるの！」（大声）

「あら、下なんだ。はいはい、どうもありがとう」

婆さんは歩き出した。本当にありがとう。私は今日どうしても、新杉田まで行って、外地で死んだ息子の遺骨を受け取らなければならないの。ああ、これであの子も私も成仏《じょうぶつ》できる……。気がついた時には、婆さんの姿はかき消えるようになくなっており、後に残されたのは、呆然《ぼうぜん》とする私と、さんざめく若者たちばかりだった……。

となれば、暑い夜の怪談話にもなるのかもしれないが、そうは問屋がおろさなかった。婆さんはかき消えはせず、それどころかてんで見当違いの方に歩き出したのだ。

「違う！　違います、そっちじゃない！　下りはこっち！」

大声で婆さんを引きとめる私。何事かと振り返る若者たち。ああ、かき消えたいのはこっちだっつうの。なんでこんなに人がいっぱいいるのに、よりにもよって、ばっちりキメた格好（あくまで自分基準だが）の私に道なんか聞くのだ。

しかしこれも、バッタ物のシャネルバッグを持っていたからだ、と考えれば納得がいく。その「そこはかとなく抜け作」なところが、道を聞きたい老人にアピールしてしまうのであろう。くそー。

そういうわけで常日頃、街で人に道を聞かれることの多い私であるが、右の出来事があった次の日に、今度は爺《じい》さんに道を聞かれた。

その時、私は古本屋のチラシを配っていたのだが、なんとそのかたわらで事件が発生した。自転車に乗った少年を追いかけてきたアベックが、少年を自転車から引きずりおろし、「おら、てめえ、どういうつもりだ！」とか言いながら、胸ぐらを摑《つか》んで締め上げたのだ。

たちまちのうちにできる人の輪。私とその事件現場は、二メートルと離れていない。ものすごい至近距離だ。人の輪の中に、私と、もみ合っているアベックと少年がいる、という状態になってしまった。あらら、こりゃどういう騒ぎじゃ、としばしチラシを配る手を休めて、アベックと少年を眺める私。どうやら少年がアベックの自転車を盗んだようで、それを二人は執念で追いかけてきたらしい。

興味津々《しんしん》で成り行きを見守る人々と私。するとそこに爺さんがやってきて、「おおー、いたいた」と言うではないか。騒動に新たな登場人物か？　と思っていると、爺さんはなんと私のところに来る。そして、

「探してたんだよー。古本屋、引っ越しちゃっただろう。場所がわからなくて、チラシ撒《ま》いてる人を探してたんだ」

とニコニコする。アベックは少年を引っ立てて、「よっしゃ、警察行こうじゃないか」とかやってる。私は気もそぞろだったが、爺さんを無下《むげ》にするわけにもいかない。愛想良く、「ありがとうございます。えっと、場所はこのチラシの地図でいうと、今ここだから……」と、道案内する。心は半ば以上、自転

車泥棒騒動の方にある。人々も最初は期待に満ちて爺さんを見ていたが、騒動とは全然無関係とわかって、またアベックの方に視線を戻す。

人の輪の中に、揉《も》みあうアベックと少年と、わけのわかんない爺さんと私。

あのさあ、爺さん。ホントにもうあなたの肩に触れんばかりの距離で喧嘩《けんか》している若者たちがいて、それを取り囲むように観客も集まってて、かなりの騒ぎになってるのに、あなたはどうしてそれに全然興味がないの？　その騒ぎにも気がつかないほどに古本屋の場所を知りたいのか……。かなりの古本好きだ。

人々に囲まれ、しかしその中心からは一メートル半ほど離れている、というポジションに、私は一人赤面してしまった。もういっそのこと私を警察に引っ立てていってくれ。今すぐこの人の輪から連れ出してくれ。

道を聞く老人が憎い。そして声を大にして問いたい。「それにしてもなぜ私なんだ」と。

ジンベエ撲滅委員会

少年たちの夢を食べては煩悩《ぼんのう》を育てている夏の夜のブラック獏《ばく》とは私のこと。海も冒険もロマンも友情も、すべては私の煩悩の糧《かて》だ！　少年たちよ、もっともっと楽しくて甘い夢を見ておくれ。ニヤニヤしながら少年漫画を読んでいたら、天罰覿面《てきめん》で風邪っぴきになりました。ずるずるごほごほ。やっぱりもう無理はきかない年じゃけえ。

最近どうしても私の笑いのツボを押してくるのが『魁《さきがけ》!!クロマティ高校』（野中英次・講談社）。これは全然ロマンもへったくれもない漫画なんですが。一巻が出た時点で、本屋に予約までして買ってしまった私のこの意気込みをどこにぶつければいいのか。やり場のない意気込み。

池上遼一《りょういち》はこの漫画家の存在を知っているのだろうか、というのが大変気になるところ。池上先生の絵を百倍ぐらいへなちょこ風味で薄めた画風で迫ります。胸毛のフレディなどなど、クロマティ高校の仲間たちの楽しい(?)毎日。二巻の発売と同時に『課長バカ一代～子供用～』も売り出され、とても嬉《うれ》しい今日このごろ。『課長 島耕作』(弘兼《ひろかね》憲史・講談社)を大胆にパロディした(のか?)この作品も、かなり私を笑わせてくれます。

不気味に笑い声を響かせていた夜、近所のKが赤い酒を持参してやってきた。おうおう、よく来てくだすったね。慌《あわ》てて万年床を整える。病み上がりですまないんだけど、ま、ずいっと入ってくつろいでよ。

しかしくつろぐと言っても、座る場所にも事欠く部屋だ。Kは漫画の山に挟まれるようにしてちんまりと座った。

近況を聞くと、Kは私に輪をかけて病み上がりで、昼寝していたら肩の関節を痛め(なぜだ)、ウィルス性胃腸炎になり(感染源不明)、耳の調子も悪い(年のせいではないらしい)、という三重苦をなんとか漢方で緩和させた、という状態だった。つまみの大根の煮物ととっておきのカニの缶詰をぱくつきながらKの通院話を聞く私。

「あらま。そりゃ大変だったわねー」

「今日はちょっと涼しいからまだいいけど、寝苦しくなってくるとどうも体の調子が良くないの」

そう言いつつもKは、カンパリソーダを作ってはグビグビ飲み干していく。おいおい、あんた漢方とはいえ薬を処方されてる身なのに、そんなに酒を飲んでも大丈夫なのか？

「えー？　大丈夫でしょー。それにカンパリって、なんか薬草っぽい味がするもん」

のほほんとしたものだ。いくら薬草っぽくても酒は酒だと思うけど、まあいいか。養〇酒みたいなもので、体にもいいのだろう、きっと。私もお相伴にあずかって酒をいただく。ぐびぐび。

「しをんこそ風邪は大丈夫？」

「寝っころがって漫画読んでたら良くなった」

つまりはいつもどおりの生活をしていたら治癒したのだ。開け放った窓からは涼しい夜風が入る。Kが持ってきてくれた宝塚のパンフレット（『ベルサイユのばら』）を眺めつつ、いい気分で飲んでいたら打ち上げ花火の音が聞こえた。

「あら、窓から見えるわよ」

「夏だねー」

夏の夜に友だちと、遠くで打ち上げられる花火を部屋の窓から眺めながら、酒を飲む。うーん、最高だ。もぐもぐ。まだ煮物を食べ続ける私。ほろ酔い気分になってふと、先日見かけた横浜の花火大会に向かう人々の姿を思い出した。

「花火といえばさあ。去年ぐらいから気になってることがあるんだけど」

「なあに？」

「女の子たちは、可愛《かわい》く浴衣《ゆかた》を着るでしょう。なのになんで最近の男はジンベエを着てるわけ？」

「ああー、ジンベエ。はやってるのかしらね、あれ」

私はコツ、とコップを床に置く。

「ジンベエっつうのはさあ。部屋の中で着るものでしょ？　あれを着て許されるのは、せいぜい角の煙草屋《たばこ》までだと私は思うのよ」

「いったい誰がはやらせたのかなあ」

「おかしいって。ジンベエ姿で電車に乗って横浜まで花火を見に行くなんて、絶対におかしいと思うのさ。だってパジャマを着て電車に乗るようなものだよ？　それを言ったらまあ浴衣だって、一本向こうの道にある銭湯までしか許されないものかもしれない。しかし浴衣を着た女の子が可愛いのは確かだし、シャキッと浴衣を着こなしている男の子も若干いて、格好良いなと思う。でもジンベエはないでしょ！　すね毛とかボーボー見えちゃって、首には金の鎖とかしちゃって、ズバリ変でしょ！」

酔いがまわって、頼まれてもいないのに熱弁をふるってしまう。Kは「どうどう」と私をなだめた。

「わかったわかった。つまりしをんは、すね毛が嫌なわけね」

「うっ」

すね毛が嫌なわけではない。毛好きの私としては、すね毛も歓迎したいアイテムだ。しかし。しかしすね毛とは、普段から衆目に触れさせてよい毛であろうか？　胸毛は堂々とひけらかして良し。だがすね毛は……すね毛は見て美しいものじゃないだろう！

いきり立つ私にKの冷静な一言が鉄槌《てっつい》のように下る。

「いや、胸毛だって私は嫌だよ」

ズガーン。この国は胸毛に厳しすぎると思うんじゃがのう。イタリア出身、フェリペじいさんのつぶやき。

「だれよ。フェリぺじいさんって」

「おいらの心の友だちさ」

「またそうやって逃避するー」

Kは今度はカンパリをオレンジで割った。「毛の話は置いておくとして、私もジンベエ姿はどうも美しくないと思うから、『花火大会に集うジンベエを撲滅するぞ草の根運動』をするよ。それでいいでしょ？」

「うんうん」

カンパリオレンジを飲んで気を取り直す。「それで、具体的にどういう草の根運動をすればいいの？」

「弟がジンベエを着て外出しそうになったら止める」

「……それだけ？」

「そういう小さな積み重ねが大切なの」

「いくら割り箸《ばし》を使わないよう心がけたって、どうせ熱帯雨林は消えていくんだよ」

努力の積み重ねが苦手な私は、早くも運動員として失格な発言をする。

「そんな投げやりな態度じゃ、いつまでたってもジンベエはのさばり続けるばかり」
Kは毅然《きぜん》として私の説得を続けた。「彼女と花火だー、と浮かれる弟に、『や
めたまえ。ジンベエは部屋着だ』と声をかける勇気がなかったばかりに、いつ
のまにかジンベエ姿の若者たちが花火会場にあふれているのだよ」
酔っぱらってきた。
「そう……そうだよね、K！　私も草の根運動をするよ。弟にはビシッと、
『そんな、盆栽雑誌の通販ページに載っているような部屋着を着て花火に行く
のはやめたまえ！』と言ってやることにする」
「あなたの弟、ジンベエ着る？」
「いや、着ないけどさ。ていうか、あいつは人混みが嫌いだから、まず花火大
会に行くことがないと思うけどさ」
「じゃあもう草の根運動をする場所がないね」
「よし。解散！」
熱き団結を確認しあい、夏の夜の酒宴を終えた私たち。Kは万年床に転がっ
ていた『クロマティ高校』を発見し、「これ、マガジンで連載してるやつだよ
ね。まとめて読みたかったんだー」と、ほくほく顔で持って帰った。

草の根運動で広がる『クロ高』の輪。あれ？　広めるべきは『クロ高』ではなかったような？

秘密はなにもない

ダムで人工降雨機というのを作動させていると新聞で読んだのだが、それって本当に効果があるのだろうか。新聞の写真では、その問題の「人工降雨機」というものがどういう形状をしているのかがよくわからなかった。企業秘密なのかな。どうしても宮沢賢治の『グスコーブドリの伝記』を思い浮かべてしまって、まさか悲壮な覚悟で気球に乗り込んでいる人などいないだろうな、と心配になってくる。やっぱりそういう光景を新聞紙上で公開してはまずい、という配慮から、あの写真は妙に粒子が粗く、「降雨機」とやらがよく見えない角度になっていたんではあるまいな。

実際は「降雨機」なんて無いのだ。写真にチラッと写っていたのはただの耕《こう》耘機《うんき》で、本当はヘルメットをかぶったおじさん（四十二歳・厄年・妻と子ども二人と住宅ローン有）が、「都知事命令により、一千万都民のために行ってきます」と、雨の核となる塵《ちり》のつまった風船爆弾を手に気球に乗り込んでいく。涙にくれる同僚のダム職員。

「水島ー、帰ってこいよー」

「でも後のことは心配するなー。残された家族はこれから住民税ゼロだからなー」

たむけの言葉。なんて酷《ひど》い都知事、なんて酷い話なんや。って、自分で考えたくせに酷いもなにもあったもんじゃないが。とにかく「人工降雨機」の具体的イメージが湧《わ》きません。一体どんななんだ、それは。まだ辛うじて水のある多摩川水系の水を汲《く》んできて、利根川《とねがわ》水系のダムに注ぎ入れているだけだったりして。

　企業秘密の「降雨機」ですが、もう一つ企業秘密を公開してしまいましょう。すごい秘密情報を入手したのだ。うふふ。

　アルバイト先には置き薬として常備薬セットの救急箱がある。ブジ薬品（仮名）のもので、「富山の薬売り」みたいに、定期的にブジ薬品のお兄さんがまわってきては、使った薬の分だけ金を徴収し、なくなった薬を箱に補充していく。お兄さんは常に黒っぽい背広を着て現れ、薬の詰まった大きな黒い鞄《かばん》を手に提げている。「こんにちはー、ブジ薬品でーす」爽《さわ》やかな挨拶《あいさつ》。そして鞄の中からガイガーカウンターのような機械を取り出し、ピーピーという音も高らかに在庫管理を始めるのだ。

さて、私はどうにも生理痛が酷く、これまで市販の鎮痛剤をいろいろ試してきた。しかし、どれも効き目が遅く、持続力に欠ける。飲んで三十分して効き始め、その効果が二時間ほどしか続かないのでは、あまり意味がないのだ。「こりゃもう産まれちゃうのか？」というぐらい痛いのに動かないといけないときに、「半分が『優しさ』でできているような某○ファリンなどではとても話にならない。「半分が『優しさ』なら、値段も半額にしろよな」と悪態の一つもつきたくなってくる。

ここでブジ薬品の登場である。実は、このブジ薬品の鎮痛剤が物凄《ものすご》くよく効くのだ。その効き目はもう画期的なものがある。私にとっては救世主のようなお方だ（その薬は、「イタマナーイ」とかそんな感じの、新薬命名会議に出席した社員がみんな無気力状態に陥っていたとしか思えない名前をしている）。「しまった、痛い」と突然の痛みに呻《うめ》くとき、この「イタマナーイ」（仮名）があれば大丈夫。飲んで五分もしないうちに、嘘《うそ》のように痛みが引くのだ。なんか私、ブジ薬品のまわし者みたいだが、とにかくこの劇的な効き目にはびっくりした。

アルバイト先のパートの人も、「歯が痛かった時に飲んだらすごく効いた」と言っていたので、どうやらこの「イタマナーイ」は他の鎮痛剤とはレベルが違うようだ。「なあんか怪しい成分でも入っているんじゃないですか？」と、冗談めかして笑いあっていたが、他の鎮痛剤とのあまりにも違う効果が、私はどうしても気になっていた。

そういうわけで、先日も回ってきたブジ薬品のお兄さんに、とうとう直接疑問をぶつけてみることにしたのだ。

ガイガーカウンターをピーピー言わせて伝票を切ったお兄さんに代金を渡しながら、私はおもむろに切り出す。

「あのー、ブジ薬品さんの鎮痛剤、すごくよく効くってここで評判なんですよ」

「そうですかっ」

お兄さんはとても嬉《うれ》しそうに笑った。「いやあ、どうもありがとうございます」

「ふだんは○デスとか○ファリンとか飲むんですけど、こんなには効かないんですよね」

「いやあ、そんな。ははは」

お兄さんはこそばゆそうだ。私は「ここだ！」とばかりに直球勝負に出た。

「なーんか秘密の成分でも入ってるんじゃないかなー、なんて。あはは」

ふと、お兄さんが真剣な表情をした。そして一歩レジに近づいてくる。な、なんだなんだ。

「秘密……秘密はね、あります」

厳かなお兄さんの声。「聞きたいですか？」

私はちょっと気圧《けお》されるようにしてうなずき、「ぜひ」と言った。

「秘密ですよ」

と念押ししてからお兄さんは説明を始めた。

「うちが他の鎮痛剤と違う成分を使っているというわけではないんですよ。ただ、鎮痛剤の成分というのには副作用が心配されるものがあるので、○デスとかは鎮痛成分の量を抑えているんです。○ファリンはああいう中では鎮痛成分が多めに入っているほうですが、それでも抑えてはあります。だから効くまでに時間がかかるし、持続力が弱い。でもうちの薬は違う。量を抑えてはありません。ガツッと入ってます。だからすぐに効くし、効果が持続するんです」

な、なるほど……。一粒の中に含まれる成分の量の問題だったわけか。しかしかしそれでは……。私の懸念《けねん》を読みとったのだろう。お兄さんはうなずいた。

「そうです。そんなに鎮痛成分を入れると、今度は副作用が心配になってきますよね。でも大丈夫です。秘密というのはここなんですが……」

お兄さんは声をひそめた。

「うちの薬には、独自に開発した、副作用を抑える薬が入っているんですよ」

なんと！　私はほとんどのけぞった。副作用を抑える薬！　副作用を抑える薬の副作用が心配だが、そのあたりの対策はどうなっているのだろうか。笑いがこみあげたが、お兄さんは真剣なまま、「秘密ですからね」ともう一度念押しすると、「じゃ、またよろしくお願いしまーす」と普段の爽やかさを取り戻して次の家へと去っていってしまった。

私は呆然《ぼうぜん》とレジに立っていた。副作用を抑える薬の副作用を抑える薬の副作用を抑える薬の副作用を……もうロシアの人形みたいなことになっている。大変な秘密を握ってしまった。熾烈《しれつ》な新薬開発合戦を繰り広げる製薬業界から、この情報を手に入れようと企業スパイが派遣されてくるかもしれん。夜道には気をつけないと。

そう心に言い聞かせたにもかかわらず、次の休憩時間にはすでにアルバイト先の人の五人ぐらいに、「ねえねえ、聞いてくださいよ。秘密なんですけどね、うぷぷ」とお兄さんの話を暴露していた。「秘密だよ」と言われると、とたんに人に言いふらしたくなるのはどうしてだろう。こうして私は、企業戦争の渦の中に巻き込まれていったのだった。つづく（嘘）。

三章　幻に遊ぶ秋の空

暗黒禅問答

友人腹《はら》ちゃん（仮名）から電話があった。

「ねえ、手紙届いた？」

「いや、届いてないよ」

「ドイツから出したんだー。じゃあ私の方が先に帰ってきちゃったんだ」

「またドイツに行ったの？」

腹ちゃんは短期の語学留学をしてドイツ語に磨きをかけている。

「もう日常会話はだいたい苦労なくできるようになったよ」

「へえー、たいしたもんだねえ」

普段はテレビのドイツ語講座で勉強し、短い休みを利用して積極的にホームステイしている向学心旺盛《おうせい》な腹ちゃんに私は感心した。

「どうだった？　ドイツは楽しかった？」

「それがねえ。前に短期留学した時に知り合った友だちとまた会えたりして良かったんだけど、困ったこともあったんだ」

トラブル体質とでも言おうか、なぜか彼女は事件に巻き込まれる。というよりも、はっきり言うと、なぜか行く先々で男に言い寄られるのだ。これまでも日本人はもとより、フィリピン人、ナイジェリア人、オーストリア人などなど、国際色豊かなラインナップの男たちに愛を語られてきた。本人はとても大人しく、どちらかというと人見知りをするタイプで、誰かに話しかけられないように常に予防線を張っているというのに、だ。

はあん、とピンときた私は、「今度はどこの人?」と聞いた。

「自称エンジニアのエチオピア人。これがかなり理解に苦しむ人でさあ」

今までの教訓を生かし、腹ちゃんは授業の合間の休み時間にも一人で雑誌を読むなどして、「誰も私に話しかけるな」というオーラを発していた。ところが、そのオーラをまったく感じ取らずに果敢にアタックしてくる男がいた。それがくだんのエチオピア人である。そのクラスで英語をしゃべれるのが腹ちゃんとエチオ君(仮名)だけだったのもいけなかった。異国で長く一人で生活し、エチオ君も心細かったのだろうか。ドイツ語よりはずっと自由に話せる英語で会話ができる腹ちゃんに、しきりに話しかけてくる。腹ちゃんも、「気の弱い日本人としては」（本人談）話しかけられて無視するわけにもいかず、適当にしゃべっていた。

会話例。

「君は明日は何をするの」

「買い物です」

「何を買うの」

「ビールです」

「なんのビールが好き？」

「わかりません。店に行って適当なのを買います」

この程度の会話だったんですよ？　それなのにエチオ君は、「僕たちはぜひ二人で会う必要がある。明日の夜に会おう」と言い出したのだ。でも腹ちゃんもそういう唐突な展開には慣れっこだから、「私は明日の放課後は友だちに会う約束をしているし（嘘《うそ》）、夜はホームステイ先に帰らなければなりません。それゆえにあなたとは会えません」と言った。

もちろんエチオは引かない。

「どうしてだ。ホームステイ先には帰りが遅くなると言っておけばいい。なんなら友だちと会うのはやめにするとかさ。とにかく僕と会ってくれ」

としつこい。この押し問答が十五分続く。「二言目には『Why?』なのよ！　ホワイって言いたいのは私だっつうの！」とは腹ちゃんの弁。

休憩時間にちょっと話しただけなのに、断っても断っても会おうと主張してくる危険人物と、夜に二人きりになるわけにはいかない。疲れはてた腹ちゃんは、「じゃあ昼になら会います」と譲歩した。どうせ昼休みが終わったら授業があるし、学食かなんかで一緒にご飯を食べればいいだろう、と思ったのだ。

しかし甘かった。翌日の昼、エチオは、「じゃあ飯食おうか」と学校から出ていく。

なんだなんだ、そのへんのレストランにでも行く気か？　と思って、「どこへ行くのですか？」と聞くと、「すぐそこ」と答える。話を聞いていて私は嫌な予感がしてきた。

「……それで？」

「それがさあ」

と腹ちゃん。「なんとエチオが住んでるマンションに連れていかれたんだよねー」

　ひえー。私だったらマンションに入る時点で脱兎《だっと》のごとく逃げると思うが、ここでも「気の弱い」腹ちゃんは、まいったなあ、と思いながら仕方なくついていった。エチオの部屋は狭くて薄暗く、なぜかピンクのカーテンが閉まっている。

「昼間だよ？　さすがにそれには私も驚いてさあ、ピンクだし。『どうしてカーテンが閉まっているのですか。開けましょう』って言って開けたけどさ」

　笑ってる場合じゃないほど危機的状況のような気がするが、やっぱり私は笑ってしまった。腹ちゃんも変に肝が据わってるからなおさらたちが悪い。

　エチオは手料理を作ってくれていたらしく、肉のフライと魚のフライが出てきた（すごい取り合わせだ）。でもフォークとコップは洗ってなかったようで、彼は小さな流しで慌《あわ》てて洗う。まあせっかく作ってくれたんだし、と腹ちゃんはもくもく食べ始めた。そうしたら、エチオが本題を切り出してきた。

「君は恋人はいるのかい？」

「います（嘘）」

「日本人？」

「そうです」

「その人と結婚するの？」

これまでも腹ちゃんが何度も何度も受けてきた質問だ。腹ちゃんは「またか」と思いながらも誠心誠意答える。

「私は今勉強で手一杯で結婚なんてできないし、結婚するつもりも全然ないのです」

「そうか。それじゃあ僕と結婚しよう」

ホワァァーイ？　エチオーッ！　あんたは人の話聞いてんのかー!!

「いや、結婚しないです」

「どうしてだ」（出たっ。どうしてだ攻撃）

だからぁ。腹ちゃんはまた一から説明を始める。勉強しなきゃならないし、結婚する意志がないんですってば。

「僕ももちろん、今すぐとは言わないよ。二年後ぐらいでいいんだ。結婚して子どもを作って（以下エチオのドリームが続く）」

「（ドリームをさえぎって）私は結婚しません」

「どうしてだ」

この不毛な会話が三十分以上続く。頭がおかしくなりそうじゃありませんか。だいたい結婚を切り出すまでが短すぎるだろう。たまたま語学学校でクラスが一緒で、休憩時間にちょっと話しただけなのに。「この展開の速さ……、もしかして、日本人は金持ちだから結婚したら楽できるだろう、とか思ってんのかな」

と腹ちゃんは思った。とにかく午後の授業も始まるし、このわけのわかんない男と早くおさらばしなければならない。「もう学校に帰ります」「どうしてだ」「授業が始まるからです」「まだいいじゃないか」「帰ります」「どうしてだ」不毛もここに極まれりの押し問答をまたもや十五分以上続け、ようやく腹ちゃんはエチオ君の部屋から退散した。

「腹ちゃんさあ、バシッと、『あんたのこと嫌いだから結婚もしないし、この部屋から出ていきたいんだ』って言うべきなんじゃないの」

「いやあ、なかなか言いにくいもんだよ。海外に行くとつくづく思うんだけど、やっぱり日本人って、空気を読むというか、常にほのめかしで意志を伝えあってる傾向があるんだよね。そういう表現方法に慣れてるもんだから、否定的な意志をズバッと表現することがどうしてもためらわれて、結局こっちの言いたいことが伝わらないの。とにかく全然『ほのめかし』をわかってくれないからさ」

うぅーん、相互理解は難しい。同じ言語を母国語としていたって難しいんだから、そりゃあ伝わらなさも倍増だ。

「それにねえ。英語教育がおとなしすぎるってのもあるんだよね」

と腹ちゃんはため息をつく。

「教科書では、ご機嫌いかがですか。私は山田太郎です。とかやってるわけでしょ？　でも言葉のニュアンスってそういう勉強ではやっぱりわかんなくて、たとえば日本語では『あんたなんか嫌いだ』というのは相当強いニュアンスで、まあ滅多に使わないけど、はたしてそれを英語で言うことはどの程度のダメージを相手に与えるものなのか、わからないわけ。日本語における『あんたなんか嫌いだ』と同じぐらい強い言葉で、相手が『なんだとこの野郎。そんな言い方ってないだろ』とキレちゃうほどなのか、それともそのぐらいはっきり言わないと意志がクリアに通じないのか、これは個人差もあるだろうし、言ってみないとわからないけど言ってみてキレられたら怖いしさ」

空気を読んでほしいけどそれを相手に求めるのは無理で、しかし使い慣れない言語なだけに、言いたいことをどの程度はっきり言っていいのかわからない。なるほど、八方ふさがりである。私は困ってしまった。

「じゃあ、どうしたらいいのさ」

腹ちゃんは確信を持って答えた。

「私はねえ、もう男の人とはしゃべらないよ。海外で話しかけてくる男の人とは話しません。『同じ日本人のよしみでさあ、一緒に食事しない?』とか話しかけてくる馴《な》れ馴《な》れしい日本の男もいるんだけど、とにかく男とは断固として話さないことにする」

困ったちゃんな日本の男（おまえとよしみなど無い）はどうでもいいとして、語学留学してるのに人口の半分と会話しないのでは効率が悪いような気もするが、まあ断ることが特別苦手な腹ちゃんは、そのくらいの鉄のカーテンを吊《つる》しておいた方がいいだろう。

「あんたなんか嫌いだ」って言えたらすっきりするんだろうなあ。でも絶対、「ホワーイ」って返されると思うけど。

幻想のお台場紀行

「死国」のYちゃんが遊びにきた。私の部屋で東京のガイドブックを前に並んで、神妙に正座する。

「さて、どこに行く？」

「どこがいいかなあ。しをんもあんまり行ったことない場所がいいやろ」

「ネズミ御殿はいやだよ」

「私だっていやよ。ねえ、あのネズミに関する恐ろしい噂《うわさ》を聞いたんやけど」

「怪談はやめてよ。夜毎《よごと》あのネズミの歯がシンデレラの血にまみれてる……とかそういうの」

「違うんよ。あのね、あのネズミは一応建前として、世界に一匹しかおらん貴重な存在なわけさ」

「どういうこと？」

「つまり、東京（千葉だけどな）のネズミ御殿には、マイケルマウス（仮名）の着ぐるみは一匹しかおらんわけ。あの広大なネズミ御殿に、たった一匹しかいないんよ」

「へえ、徹底してるね」

「ところがそれだけじゃない。ネズミ御殿は世界各地にあるやろ。アメリカはもちろん、ユーロとか。それぞれの御殿に各一匹ずつマイケルマウスの着ぐるみがいるわけやけど、とにかくこの世に一匹の貴き存在だから、東京の御殿でマイケルマウスが子どもたちに手を振っているときには、ユーロの御殿にはマイケルマウスはいないらしいの。ちゃんと世界規模でマイケルマウス登場のタイムスケジュールを組んであって、同時刻にマイケルが地上に何匹も存在するなどということのないようにしてるんだって」

「えっ！　じゃあ、東京のマイケルマウスが子どもたちに手を振りながら建物の陰に消えた瞬間、遠くのユーロ御殿では、夜のパレードにマイケルマウスが登場して人々の喝采《かっさい》を受けている、というわけなのね」

「ホントだとしたら、なんかある意味、地球規模の怪談と言っても差し支えないほどの徹底ぶりやろ」

「ぶるる、確かに恐《こわ》い話だ。御殿で働く人たちは、マイケルマウスの写真に向かって『今日も一日笑顔で挨拶《あいさつ》！』とか始業前に言わされてそうだ」

「それは絶対言ってるやろ。でも新しくできた海御殿には行ってみたいけど」

「今日は連休の中日《なかび》で、しかもこんなに見事に晴れてるんだよ？　混んでるからやめようってば」

「そうやねえ。じゃあ、お台場はどう。ここはしをんも行ったことないでしょ」

「ふっふっふっ。見くびってもらっちゃあ困る。お台場ぐらい行ったことあるわよ」

「うそ！　フジテレビとかヴィーナスフォートとか？」

「……いや。オタクの集いはその先の国際展示場で開催されるならわしでね……」

「じゃあお台場はお台場でも、コジャレた場所は素通りしてたのね？」

「ああ、ああ、そうだよ。ゆりかもめに満載のカップルをしりめに、私はいつだってガツガツ同○誌を買いあさってるよ。それがどうした」

「急に開き直ってやさぐれないでよ。じゃあ、お台場に決定。さあ行こう」

「えぇー。お台場だってネズミ御殿に負けない人出だよ、きっと」

ブツブツ言いながらも、私たちはお台場を目指したのだった。

新橋の駅を出てゆりかもめへの連絡通路を行くあたりから、周囲にはがぜん男女のカップルの姿が増えはじめる。

「ねえ、Yちゃん。なんかやたらとカップルが多くない？」

「多い。しかも密着度がすごい」

たしかに。まだ日も高いというのに、すでに体は七割ぐらい密着している。カップルたちはその格好のまま、エスカレーターで運ばれていく。

「私たち場違いもはなはだしいような気がしてきたんだけど、どうしよう。くっついとく？」

「ベタベタしたつきあいは好かんけん、遠慮しとく」

まあ、さすがYちゃん。男気にあふれてるわー、惚《ほ》れなおしちゃう。ゆりかもめ一日乗車券を買って、いよいよカップル王国お台場に潜入だ。休日の繁華街なんて、どこもカップルでいっぱいなものだが、お台場はすごい。人の多さがまず並じゃないが、その中でもとにかく男女のカップル率の高さがすごい。

普通だったら、女同士の二人連れとか、男二人とかの組み合わせもそれなりにいるものだ。ところが、お台場は男女のカップルでなければ人に非《あら》ず、といった様相を呈している。九割が男女のカップルで、残りの五分が女ばかり数人のグループ。あまった四分が女二人で、最後の一分が男ばかり数人のグループ、もしくは男二人というところだろうか。

なんじゃこりゃあ！という心の叫びも虚《むな》しいばかりなので、着いて早々、腹ごしらえをすることにした。親の仇《かたき》とばかりに猛然とラーメンと餃子《ギョーザ》を食べる私たち。

「ねえ、Yちゃん（ずるずる）」

「なに（はふはふ）」

「なんで私たち、お台場まで来てラーメンなんてコジャレてないもん食べてるのかな（じゅるる）」

「食べたかってん。嫌いやった？（グビグビ）」

「いや、大好き（プハー）」

なんか昼間っからビールまで飲んで、にんにく臭をさせてるってどうなんだろう。しかもお台場なのに。でもまあ気を取り直して、ドキドキしながらフジテレビに行ってみることにした。

得体の知れない球体が遠目にもまばゆいフジテレビビルにぶらぶらと歩いていく。人の流れもみんなそっちに向かっていく。嫌な予感がしたのだが、案の定フジテレビはバーゲン会場よりもごったがえしていた。

「ぎゃー。やっぱり考えることは皆同じだよ」

「あの列はなんやろう。あ、あの球体に上れるんやね。その順番待ちかなぁ」

私たちは球体まで上ることはせず、球体の真下にある空中庭園みたいな屋上で一休みすることにした。さっきご飯を食べたばかりなのにもう一休みだ。ぽかんと口を開けて、上空にある球体を見上げる。

「はっ、まずい。いま私、お上りさん丸出しやったよ」

「んが？　いやあ、これは誰でも口開けて見てしまうって」

いいかげん首が疲れてきたので、球体を見るのはやめにして、遠くの海やら空中庭園の様子やらを眺める。そして私は発見した。空中庭園を、二人の男性が仲良く散策している。一人は手慣れた感じで赤ん坊を抱き、もう一人はその赤ん坊が乗っていたらしい乳母車を押している。楽しそうに笑い合う二人。男の腕の中ですやすや眠っている赤ちゃん。

「うおおお、Yちゃん！　Yちゃん！」

海の方を見ていたYちゃんをむち打ちになりそうな勢いで揺さぶる私。「見て見て！　あのカップルを見てー！」

「ありゃ」

Yちゃんも二人（と赤ん坊）を凝視する。「あれはもしやゲイの夫婦？」

「しかも子連れだよ。初めて見たよ私」

「どっちが産んだんやろなあ」

私たちは、お台場くんだりまで来た甲斐《かい》があったねえ、としみじみ言い合いながら空中庭園を後にした。ところが、まだ階段を下りきってもいないうちに、リアリストYちゃんは言う。

「でもまあ、冷静に考えてみると、彼らはそれぞれ奥さんと一緒に来て、奥さんたちが球体に上っている間、二人で子どもの面倒を見ながら待っている、といったところやろうね」

私は哀《かな》しみに打ち震える。

「Yちゃんはさあ、もうちょっとネズミ御殿の精神を学んだほうがいいよ。子どもの清らかな夢を壊すような真似《まね》はしちゃいけないんだ」

「あんたは子どもじゃないし、見ているのも全然清らかな夢じゃないやん」

「意地悪！　Yちゃんの意地悪！　サンタのおじさんは本当にいるもん！　Yちゃんの家になんかプレゼント持ってこないぞう！」

幼児のように地団駄を踏んで悔しがる私。

「まあまあ、泣かんと。ほら見て。自由の女神がおるよ」

「嘘《うそ》だい！」

本当だった。本当に自由の女神がいた。お台場……つくづく謎《なぞ》な場所だ。一応お台場まで来た証拠ということで、Yちゃんは自由の女神を写真に収めた。しかし本当に、自由の女神の写真はお台場に来た証拠として認められるのだろうか。ニューヨークに行った証拠にならなるだろうけれど。

その後も私たちは、Yちゃんが友だちと合コンに参加したら、同じテーブルについた男二人に、「実は俺たち、高校時代からの先輩後輩で、今は同じ会社に勤めててマンションも隣同士の部屋で、毎晩ご飯も一緒に食べる仲で、こいつのことすげえ可愛《かわい》いって思うんだけど、なあ、やっぱりこれってホモなのかなあ」と真剣に相談された話（それなら合コンなんか来るな！）や、『釣りバカ日誌』のハマちゃんとスーさんって怪しいよねという話などをしながら、お台場を満喫した。

ヴィーナスフォート（コジャレた店が建ち並ぶショッピングモール。内装が西洋の町みたいになっていて、噴水とか『真実の口』とかがある）で私たちがした買い物は、私がブタの髪止め。これは、写実的なブタがついていて、押すとプヒープヒーと鳴る気持ちの悪い物。Yちゃんが、バンコランとマライヒの絵はがき。それをYちゃんは「誕生日プレゼント」と言って私にくれた。とても嬉《うれ》しかった。

ごった返すヴィーナスフォートから出ると、外はもう夜になっていた。観覧車が色とりどりの電飾を点滅させている。

「結局、お台場ってなんだったんだろうね……」

「私らが今日来たのは、本当にお台場やったんかな」

「うん、まあ、同じ場所にいたようで、実はカップルたちとは全然別の物しか見られなかった、という可能性は高いかもしれない」

「幻想のお台場か……。私らがいたのは、『お台場ふう』のどこかだったのかもしれんね」

「『お台場ふう』か。そうかもね」

こうして私たちは初めてのお台場ふうを楽しみつくし、夜景を眺めながらゆりかもめで娑婆《しゃば》に戻ったのでした。

平日美術館

横浜トリエンナーレに行ってきた。

ふだん芸術とは縁遠い生活を送っているくせに、どうして今さらそんなコジャレた(?)催しに行くのか、と疑問に感じる人もいるだろう。私もそう思う。だが、天気もいいし、ニイニイがそこで働いているという風の噂《うわさ》も聞いたし、どれ、行ってみるかな、とぶらりと家を出たのだ。

ぶらりと家を出て十五分ほど歩けば桜木町、というのなら良いのだが、残念なことに我が家はどの盛り場からも遠い。電車に乗っていろいろ紆余曲折《うよきよくせつ》せねばならぬ。幸い、座席は昼過ぎでがらがらだ。私はのんびりと列車に揺られておったのじゃ。

すると、いっぱい席が空いているというのに、三十代の男(下まつげ有・にんにく臭)が私の隣に座った。もうゴロリと横になって寝ちゃおうかなあ、というぐらいだったのに、邪魔な奴《やつ》が来た。ちぇっ、と思いつつもこっそりと隣人の様子をうかがっていると、彼はおもむろにカバーのかかった漫画本を取りだして読み始めた。

なんの漫画だろう。車内で人が読んでいるものが気になってしかたがないタチなものだから、私はちょいと首をのばしてページを覗《のぞ》きこんだ。『部長 島耕作』（弘兼《ひろかね》憲史・講談社）だった。精力的に仕事をこなしたり飯を食べたり女を抱いたりしている島君には申し訳ないが、私はとたんに興味をなくして正面を向いて座り直した。平日の昼間っから、にんにく臭を漂わせて電車に座っている男が、どうして島耕作を読むのかがあまりうまく理解できなかった。

しばらく私たちはおとなしく並んで座っていた。突然、隣の男が「ううっ」と言った。私はびっくりして、今度は横目で隣をうかがう。男の視線はページから離れていない。聞き間違いか？　と思ってまた正面の窓をぼんやりと見ていると、「おっ、いやあ、ハハハ」とか言う。

この人……部長になってるよ！

男は島君のセリフを音読しているのであった。どうしたらいいんだろう、と少し動揺する我が心。取引先の人間とご飯を食べていた島君は、いつのまにか薄暗い部屋で女と密会している。「ああ、でも……」男はちゃんと間《ま》を取ってセリフを言う。その間はなんだ。もしかして、女のセリフをあたしに言えということか！

迷ったすえに、そのまま放置しておくことに決定。島君は好みじゃないの。ごめんなさいね。

桜木町は平日とは思えない人出だった。私は会場を目指してひたすら歩いた。歩いて歩いて、ついに途中で力つきた。駄目だ、おなかへった。そういえば朝ご飯を食べていなかった。クイーンズスクエア（でっかいショッピングモール）のど真ん中で遭難しかける。案内板を見ても、複雑すぎてどこが食べ物屋なのかわかんないよ。うろうろと彷徨《さまよ》い、こりゃもう少しで道行く人に、「食べ物持ってませんか」と施《ほどこ》しを乞《こ》わねばならん、というところでスパゲッティ屋を発見。空《す》きっ腹にいきなりスパゲッティか、などと思っていたくせに光速で食べつくす。

気を取り直して、またひたすら海の方に歩く。ようやく会場に辿《たど》り着いた。思っていたよりも空いていてホッとする。大きな倉庫のようにだだっぴろい空間が細かく仕切られていて、そこに様々な現代美術が展示されているのだ。時間もあることだし、とのんびりと見てまわる。迷路のようになっている会場内を、散歩するという感じだ。もちろん順路なんてないから安心だ。こりゃすごい、と素直に感嘆できるものから、これが芸術か？ と鼻で笑ってしまうようなものまで、各種とりそろえてある。

たとえば、スーツケースがぽつんと置いてあるだけのもの。使い込んだ感じで、シールを剝《は》がした跡があったりするのだけど、私はかなり、「だからどうした」と言いたかった。あの作品を好きな人には先に謝っておくが、しかしあれ、手抜き以外の何物でもなくありませんか。展示予定の他の作品が壊れちゃったのかな、と心配するほかにすることがない。あのスーツケースで日本までやってきて、中の着替えとかを紙袋に移して作者は観光に出かけているに違いない。壮大なシリーズ物の一部なのかもしれないが、それなら私の部屋の漫画のなだれ落ちかたの方がまだ壮大だ。などと、原稿用紙の半分もその作品について語れるのだから、結局はあの人（スーツケースの持ち主）の勝ちなのか。悔しいかぎりである。

映像作品はあまりよく見ることができなかった。映像はだいたい真っ暗なブースの中で上映されている。私はちょっと閉所恐怖症ぎみなので、真っ暗な狭い空間になど長時間いられない。「もうだめだー」とすぐに出てきてしまう。チケット一枚で二日間有効なので、もう一度行くことがあったら再度挑戦だ。

きょろきょろと探してみたのだが、ニイニイはいないようだった。今日はお休みの日なのだろう。残念だなあ、と思いながら、底に鉄がついている靴を履いて磁石の上をすり足で歩いたり、宮崎駿《はやお》アニメに出てきそうな巨人の、ペニスに「のぞき穴」と書いてあるのを発見してどきどきしたりした。

そう、「のぞき穴」って書いてあって、ご丁寧にも先っぽにも「PEEP」とあるのだ。これはぜひとも覗かねばならん、と思ったけれど、その時に限ってそのブースには他にも何人か人がいた。穴を覗くには、巨人の前にひざまずいて、ペニスを摑《つか》むようにして(作品にはお手を触れちゃいけないから、実際には触ってはダメなのだが)目を近づけないといけない。あまり人に見せたい体勢ではない。それが作者の意図したところなのかもしれないが、私はまたまた負けた。何食わぬ顔でブースから出て、そのへんの他の展示物を見る。見ながら、虎視《こし》眈々《たんたん》と巨人のブースから人がいなくなるのを待った。そして、すべての人がブースから出たのを確認したとたん、犯行現場に戻る犯人みたいな挙動不審さで巨人に忍び寄り、「のぞき穴」を覗いた。

穴から何が見えたかはヒミツ。なーんだ、とちょっとがっかり。おみやげ物みたいに、覗くと富士山が見えたりするのかと思ったのに。

他にも、しゃがみ込んで見ていた人々が、みんな一斉に「ぷっ」と吹き出してしまうほど可愛《かわい》い作品や、ただただスケールに圧倒される作品などがめじろ押しであった。しかし何よりも、見にきている人々の様子がおもしろい。筆舌につくしがたい色と方向性を保った髪型の人とか、床に映し出される女の人の裸を逆さまから見て、「なんだろ、これ」とずーっと首をかしげている幼児とか、とにかく飽きない。頭上で炸裂《さくれつ》する花火もそっちのけで、マッサージ機でぐいぐいツボを押しているおじいさんもいて、みなさんとても楽しんで「芸術」を満喫している模様。(後で聞いたところ、やっぱりニイイも「スキさえあればマッサージ機に身をゆだねて」極楽気分を味わっているそうだ)

展示物の中には「秘宝館」というブースもあった。秘宝館……懐《なつ》かしい言葉との再会だ。私は幼き日に思いを馳《は》せた。

田舎道を車で走っていたら、田んぼに秘宝館の看板が立っていた。私はその看板を見て、「ねえ、秘宝館ってなに。秘宝館に行きたい!」とかなり真剣にダダをこねたものだ。「おねだりをするなんて恥ずかしいわ、ふん」などといきがっていたガキだったのに、「秘宝館」という文字を見ると途端に自制と自尊の心を忘れた。秘密の宝でいっぱいの館。あからさまに怪しげな字面《じづら》が魅力的だった。しかし大人たちはみな、私の魂の底からの欲求をきっぱりと無視したのであった。

手の届かなかった憧《あこが》れの秘宝館。その秘宝館の宝すらも「現代美術」として出品されているとは。私の胸はいやがうえにも高鳴った。秘宝館とはいったいいかなるものなのか。その内部にはどんな秘宝が飾られているのか……。

実際に見た秘宝は、予想していたよりもはるかにはるかに私の好みだった。秘宝館の収蔵物を初めて見ることができて感無量である。素晴らしいよ、秘宝館。ああ、私は大人たちを恨む。この素敵な宝を子どもに見せようとしなかった大人たちを恨む。

秘宝館のブースの入り口には、「県の指令により、六才以上十八才未満の方の入場をお断りします」というプレートが掲げられていた（実際の秘宝館にあったものらしい）。六歳未満ならあれを見てもいいのか。その微妙な年齢指定には、ロリコンならずともときめくこと請け合いである。感動と興奮のあまり、何を言いたかったのかよくわからなくなってきた。

せっかく「現代美術」を見に行ったのに、秘宝館のことをこんなに熱く語ってどうしようと言うのだろう。まあいいか。それにしても、「トリエンナーレ」ってあっさりと言えますか？　私はどうしても間違って、「トルエンナーレ」と言ってしまう。なにか良い訳語はないものか。たとえば「横浜三回忌」とか。

伝説の青田買い

東京駅の地下でガツガツと餃子《ギョーザ》を食べる。ここのところ三日に一回は餃子を食べているような気がするが、まあいいだろう。隣で五目焼きそばを食べていた友人ぜんちゃん(仮名)が、かたりと箸《はし》を置いた。

「しをんちゃんはさあ、自分にとっては常識だと思っていたものが、一般的には非常識だった、ということってある？」

「うん？　そうねえ……牛乳、かな」

ジューシーな餃子を飲み下し、私はにんにく臭《くさ》い息を吐いた。

牛乳。私がこれまで生きてきた中で一番摂取したであろう飲み物は、お茶でも酒でもなく、実は牛乳だ。給食の牛乳だけでは飽きたらず、毎食、牛乳を飲んできた。それは給食の恩恵にあずかれなくなってからも変わらない。ご飯とみそ汁と納豆と牛乳。おにぎりと牛乳。インスタントラーメンと牛乳。そういう日々の食卓はもちろん、ゴージャスな食事の時にも牛乳は欠かせない。たとえば、出前で取った寿司《すし》と牛乳。

私はご飯粒を牛乳で胃に流し込むことになんら疑問を抱いたことがなかった。おかげさまで必要以上に骨も太く頑丈になった。ところが、人から見るとこれがかなり「気持ちの悪い」食べ方らしいのだ。

それに気がついたのは、夜中のネットサーフィンで髙村薫のファンサイトをまわっている時だった。髙村薫の『黄金を抱いて翔《と》べ』（新潮社）の中に、主人公が箱寿司と牛乳を買ってきて、大切な人と一緒に食べる、というシーンがある。盛り上がりからいっても、その後の悲しい話の展開からいっても、非常に重要でなおかつ読者の胸に迫る食事風景であることは間違いない。私も、幸せだけれど悲しい予感に満ちたその夕食の情景を、印象深く心に刻んで作品を読み終えたものだ。

だが、ファンサイトに載っている読者の方々の感想を読んで、私はぶったまげた。みなさん、その場面に感動していたが、しかし同時に、「箱寿司と牛乳という組み合わせはあんまりだ」と嘆いてもいたのだ。主人公もせめてお茶にしておけばいいのに、どうしてわざわざ寿司と一緒に牛乳を買ってくるんだ、と。

それで私は悟ったのだ。そうか。寿司と牛乳はあまり一緒に食べたいものではなかったのか、と。危ないところだった。私が『黄金を抱いて翔べ』の主人公でも、やはり寿司と一緒に牛乳を買ってきてしまっただろう。この主人公もきっと、普段から食事には牛乳を欠かさない主義で、だからこそ寿司と牛乳という「非常識」にうっかり気がつかず、乙女たちの愛ゆえの嘆きを一身に受けることになってしまったのだ。私は、「寿司の時は牛乳を選ばない方が無難らしい」という苦い教訓を得た。

でも酢飯の酸味に牛乳のほのかな甘みは合うんだけどな、などと未練がましく考えつつ、私はぜんちゃんに問いかける。

「なにかぜんちゃんの『常識』を覆《くつがえ》すようなことがあったの？」

「うん……。私はずっとこれが『普通』なんだと思っていたんだけど、ふとした拍子に会社の人に話したらすごく驚かれたことがあってね」

少し遠回りになるけれど、と語り出したぜんちゃんの話は以下のようなものだった。

ぜんちゃんの家は閑静な住宅街にある。ところが最近、その近辺では引ったくりや空き巣が横行し、非常に治安が悪化してしまった。ついに、セコムが重点的にマークする「危険地帯」に指定されてしまったほどなのだそうだ。

「えっ。ぜんちゃんの家ってセコムが入ってるの？　すごいねえ」

「いや、うちは入ってない。二軒隣の家が空き巣に三、四回入られて、ついに業《ごう》を煮やしてセコムを導入したの。そのときにセコムの人に、このへんは実は『危険地帯』指定されてるんですよ、って言われたんだって」

なるほど。たしかに尋常ではない回数、空き巣に入られている。近くのマンションも軒並みやられているらしい。空き巣だけでなく、引ったくりもかなりの頻度で発生している。ぜんちゃんが駅までの道をてくてく歩いていたら、端っこでしくしくと泣いている女の人がいた。「どうしたんだろう」と思ったら、その人はたった今、バイクに乗った少年にバッグを引ったくられたところだったのだそうだ。

「引ったくりをしているのも近所の高校生たちらしいんだ。かなりバリバリのヤンキーが集う高校でね……」

「引ったくりもって、まさか空き巣も高校生の仕業《しわざ》なの？」

「恐ろしいことに、どうやら高校生たちも空き巣をしているらしいんだ。もちろん本職の泥棒さんたちもよく出没する地域らしいんだけど」

ひええ。それはもはや「バリバリのヤンキー」とかで説明のつく事態ではないような気がするが。ぜんちゃんは世も末だ、という暗い表情で首を振る。

「前はこんなんじゃなかったんだよ。高校はずっと昔からあるわけで、伝統的にヤンキーばかりだったけど、他校を制圧はしても、引ったくりや空き巣なんてするような人はいなかった」

た、他校を制圧!? まあいいか。話は徐々に、ぜんちゃんの憂《うれ》いの核心に近づいてきた。

「私はねえ。こんなに治安が悪くなったのは、小学生の青田買い制度がなくなったからだと思うのよ」

「ええと……。ちょっと待って。話が突如見えなくなったんだけど、小学生の青田買い、というのはなんなの」

「バリバリのヤンキーの集う高校に来る生徒たちは、バリバリのヤンキーの集う中学を卒業している猛者《もさ》ばかりなの。この中学がまた、県下でも最低と誉《ほま》れの高い、物凄《ものすご》い校内暴力の吹き荒れるヤンキーどもの天国でね。もちろん私が通っていた小学校は、その中学と学区が重なっていた」

そしてその小学校において、中学生による将来有望な小学生の青田買いが行われていたのだ。

ぜんちゃんが小学六年生だったある日。校庭の鉄棒で友だち数人と遊んでいると、中学生のスケ番がやってきた。彼女は親切にいろいろと話しかけてきて、最後に、

「あんたらさあ、○○中学に来るでしょ？　あたしの名前を出してくれれば悪いようにはしないからさ。ま、安心しなよ」（巻き舌）

と言って去っていったのだそうだ。

「こんなふうに、六年生の見どころのある子に番長やスケ番が声をかけて、ツナギをつけておくのがうちの近所では普通だったんだよね。それで早いうちから上下関係の規律が保たれていたんだけど、最近はこういうシステムがなくなったらしくて、それが治安悪化の一因だよ。ただでさえ野放図なヤンキーたちを上で締める人がいなくなって、もう本当に野放しだもん」

「……ぜんちゃんって、本当に私と同い年？」

番長。スケ番。漫画の中でしか見たことのなかった単語をぜんちゃんが平然と口にしている。番長なんて私が中学生になるとっくの昔に絶滅したと思っていたが、ぜんちゃんの家の近所では堂々と生息していたらしい。

「いやあ、私の住んでる所では、『この学校で番張ってる奴《やつ》を出せや』とか、本当に普通のことなんだよね。だから番長物の漫画もなんの違和感もなく読んでいたぐらいで」

ぜんちゃんはちょっと恥ずかしそうに言った。「だから、この青田買い制度はどこにでもあったものなんだろうと思って話したら、会社の人にすごくびっくりされて、ようやく『常識』ではないことに気がついたというわけなの」

ぜんちゃん、四半世紀目にして知った世の中の「常識」。そりゃあ会社の人も驚くよ。私も度肝を抜かれた。ぜんちゃんは今、「王政復古の大号令」(?)を夢見ている。

「私は番長制度の復活と同時に、小学生の青田買いの伝統をも甦《よみがえ》らせるよう、ヤンキーたちに断固申し入れしたいね」

それが、「危険地帯」指定されてしまった場所に住むぜんちゃんの切実な願いだ。かくいうぜんちゃんは、スカウトされてどうしたのだろうか。

「私？　私は学校間の抗争とか怖くて嫌だから、中学は私立に行ったよ」

お礼参りの危険性もかえりみず、ずいぶん大胆な裏切り行為。ぜんちゃんもたいがい度胸がある、と思った。

実践のともなわぬ漫画論

　ようやく仕事が一段落し、気分転換に近所のKからずっと借りっぱなしだった宝塚のビデオ（『ベルサイユのばら』だ！）を見ようとウキウキとテレビの前に陣取ったら、ビデオデッキが壊れていた。落胆と怒りが激しすぎて、しばらく床に這《は》いつくばったまま動けなかった。あああ、これだけが、これを見ることだけがここ数週間の私の希望だったのに……！　諦《あきら》めきれずにケースの華やかな写真を眺めるが、やはり中身までを透視することはできなかった。アデュウ、アデュ……ウ。ベルばら風に、味わえるはずだった楽しい時間に別れを告げる。

　そうだ、『スラムダンク完全版』（井上雄彦《たけひこ》・集英社）の新刊を買っておいたんだった。あれを読もう。物語はインターハイ出場枠の最後の一つを賭《か》けた、湘北《しょうほく》対陵南戦の佳境に差し掛かっている。手に汗握る展開だ。フガフガと読みふけっていると、弟が後ろから覗《のぞ》き込んで、「そこの流川《るかわ》の動きは変だよな」と言う。

「変？　どうして？」

「そんなところでフェイントかけても意味ないだろ」

そうなのか？　バスケットをよく知らないから、変なのか変じゃないのか私にはよくわからない。だいたい、この動きがこうつながって……とかいう視点でスラムダンクを読んだことがないのだ。私は椅子《いす》から立ち上がった。

「じゃあ、私が仙道の動きをするから、あんたは流川ね」

問題の一コマをじっくり眺めてから、無言で立ち位置を決める私たち。私は完璧《かんぺき》に、ディフェンスをする仙道（陵南高校二年・エース）の格好を真似《まね》た。ところが弟の怒りが炸裂《さくれつ》。

「それのどこが仙道の動きなんだよ！　ぜんっぜん違う！」

「ええー、そうか？　こういう動きをしてるんじゃないの？」

弟はしばし沈黙したのち、重くため息をついた。

「ブタさん（私のことだ）さあ、もしかしなくてもバスケのことまったく知らないだろ」

「おう」

自慢じゃないが、高校の体育の授業の時ですら、私は常に無用の長物と化していたからな。

「そんなんでスラムダンクを読んでおもしろい？」

「おもしろいよ。だからすごい漫画なんじゃないの、これは」

けっきょく弟は流川の動きを実演することなく、呆《あき》れてどこかに行ってしまった。ふん、あいつめ。私の仙道ぶりに恐れをなしたんだな。それにしてもこの挙げた両腕をどうしたものやら、と恥ずかしく思いながら椅子に座り直す。ふぉっふぉっ、まだまだ若いですねえ桜木君。安西先生（湘北高校バスケ部監督）のような気持ちになった。

実践と批評が一致しないと納得できないほど、弟は若いのだ。たとえばおいしい料理を食べて、それを作ることはできないけれどおいしいかまずいかは判断できるのと同じように、バスケットができなくても、そのバスケット漫画がおもしろいかつまらないかはわかるものだ。でも弟はそのことをあっさりと受け止めることができない。実際にやりもしないくせに、なんだかんだ言うな、という気持ちになるのだろう（この場合、なんだかんだ言ってきたのは弟なんだが)。

映画の批評などを読むとき、彼は特にそういう気持ちを露《あら》わにする。自分が映画を撮れるわけでもないくせに、他人が作ったものに文句を言うなんておかしい、というわけだ。真の意味での創作、真の意味での批評は、経験や実践とはまったく違う次元にあるものなのではないか、と私は思う。実りある映画批評を、映画を撮ったことがない人間がすることは当然可能なのだ。「自分でもできないことを人に求めやがって」と、つい思ってしまうらしい弟の青臭さにニヤつく。そういえば私も、弟と同じようなことを感じてぷりぷりしていた時があった。年の離れた兄弟がいるというのは、なかなか楽しいことだ。

しかしまあ、私がいつも「三井君かっこいい!(しかも木暮君との温かい交流ぶりは……)」とか、「藤真君のまつげの入念な描き込みぶりは少年漫画とは思えん(しかも花形君との頻繁なアイコンタクトぶりは……)」とか、そんなことばかり考えながらスラムダンクを読んできたことは秘密にしておこう。弟の怒りに油を注いでしまいかねないからな。どんな読みをしようと、この漫画がおもしろいことに変わりはないのだから。

あんちゃんからも数日前、メールが入っていた。「メガネ君(木暮の愛称)

がやりましたネ！」という興奮気味のものだった。もちろん、あんちゃんだってスラムダンクはすでに読んでいるのだ。しかし「完全版」という言葉に弱いのがオタクの性《さが》。彼女ももちろん完全版も集めていて、さっそく新刊を読んで、木暮の活躍に快哉《かいさい》を叫んだのだ。地味な控え選手と思われていた木暮が、ここぞというところで大活躍をする。何度読んでも感動的なシーンだ。天才肌の選手たちのすごいプレイが迫力をもって描かれるのと同様に、こつこつと努力した人たちにも光が当てられているのが、スラムダンクの素晴らしいところだ。

そんなあんちゃんと私が最近まじめに考察したのは、「はたして樹《いつき》なつみの漫画は宝塚的なのか？」というものだ。漫画について語り合う某テレビ番組で、出演者の一人が、「樹なつみの漫画は綺麗《きれい》な男が出てくる宝塚的な世界だ」と言っていた、というあんちゃんの報告から、この議論は始まった。我ながらヒマじゃのう、と思うのだが、私たちは漫画について何時間でも語り合い、検討しあってしまうから恐ろしい。結局、私たちが出した結論は、「樹なつみは宝塚的ではない。華やかさという点では宝塚的と言えなくもないが、根底にある価値観が宝塚とは基本的には相容《あいい》れないものだ」というものになった。

簡単に言うと、宝塚は格好いい男性に選ばれる女性の話であり、華々しい恋を描いているようでその実、「家庭」というものが物語の展開に大きく影響を及ぼしている。それをすべて女性が演じるところに、ねじれのようなものが発生してはいるのだが、まあ大雑把に言えば、「体制の中にいる人間が体制外の人間に選ばれ、恋によって体制外(もしくはもう一つの体制の中)に飛び出していく」という話が多い。

樹なつみの漫画では、女性が「選ばれる」ことはないと言っていいだろう。強いて言えば女は選ぶ側であり、また、彼女に「家庭」の影はほとんどない。それは少女漫画だから、というだけが理由ではないのは明白で、たとえハッピーエンドだとしても、そこから先に一般的な「結婚」などが待ち受けているとは思えないほど特殊な状況を最初から設定してあるのだ(ものすごい億万長者のブッ飛び娘と恋の逃避行、とか、近親結婚を繰り返してきた一族のいとこ同士(しかもすごい年齢差)とか)。

落ち着いた状態にあった主人公が恋という事件に遭遇し、悲劇的にしろハッピーエンドにしろ、とにかく新たに落ち着いた状態に物語が収斂《しゅうれん》する、という宝塚的筋運びとはかなり違うと私は思うのだが、どうだろうか。「どうだろうか」って聞かれても困ると思うけれど、こんなことを真剣に考えては、ついついまわりの人にも意見を求めてしまう私なのであった。

夢の御殿

　とうとう、とうとう見ました！　宝塚のビデオを！

　前回肝心なときにブッ壊れたビデオデッキも新調され（故障は致命的なものだったのだ）、高鳴る期待に胸ふくらませつつ、朝ご飯のみそ汁をすすりながらポチッとな、と再生ボタンを押せばそこに広がるのは華やかなベルサイユ。もうあんまり眩《まぶ》しすぎて、みそ汁なんて口の端からダーダーこぼれ落ちてしまったわ。アンドレじゃないけど、「生きていて……（長いタメ）……よかった」だわよ。

　近所のKが貸してくれた「ベルサイユのばら　フェルゼンとマリー・アントワネット編　2001年宙組《そらぐみ》公演」のビデオだったのだが、とにかく納豆とみそ汁の朝ご飯から一番遠い場所にある世界だ。私はほとんど意地になってご飯を食べ続けたが、残念ながらベルサイユの威光の前に、味なんてよくわからなかった。

最初からすごくて、白バラに埋め尽くされた祭壇（？）の前でフェルゼン様（和央《わお》ようか・男役トップ）が歌うのだが、その祭壇には池田理代子の描いたマリー・アントワネットとオスカルとアンドレの大きな絵が埋め込まれている。イメージ的には「力石徹《りきいしとおる》の葬儀」を思い浮かべていただければいいかと。おいおい、いきなり力石の葬式かい！　と心でツッコミを入れていると、案に違《たが》わずアントワネットの絵の裏から、スルスルと生身のアントワネット様（花總《はなふさ》まり・娘役トップ）が登場。豪華絢爛《けんらん》な衣装に、おなごならずともため息の一つも出ようというものだ。

その後も白馬二頭立ての馬車は出るわ、水晶のようなボートは出るわで、乙女の夢をこれでもかこれでもかと具現化してくれる。ホゥッとため息をつきすぎて酸欠になってしまった。しかも宝塚的ツッコミどころも満載。フェルゼンとアントワネット様は夜のボートで密会なさっているのだが、感極まって「王妃様！」「フェルゼン！」「王妃様！」「ああ、フェルゼン！」と名前を連呼しつつつひっしと抱き合う。ちょっとちょっと、君たち。ボートの上で立ち上がっちゃ危ないよ。もちろん二人はそんな私の忠告にも耳を貸さず、ボートの上で一緒に歌っている。あの有名な愛のテーマを（「あい〜それは〜気高く〜」というのだ）。

恋に溺《おぼ》れるアントワネット様とフェルゼンだが、平民どもの不満は高まり、数少ない忠臣たち（オスカルとメルシー伯）が二人に別れるように説得する。もちろん、「愛し合っている二人に別れろだなどと、そんな残酷なことがよく言えるな、オスカル！」とか言って、最初は聞く耳を持たない彼らだ。フランス王妃の愛人のスウェーデン貴族のくせに偉そうだな、こいつ、と私などはムカッとくるのだが、とにかく「愛」が至上の宝塚においては、「愛し合っている二人」を出されると弱い。オスカル様もそれ以上は強く言えないのだった。アントワネット様も、「私だって平凡な女の幸せを望みたい」とか言っている。出た！　宝塚キーワードの筆頭にくる「平凡な女の幸せ」。それはいったいどんなもんなんじゃい！　と冷静ならばツッコミの一つもかますのだが、いかんせんきらびやかな世界に目くらましをかけられているから、「ああ、うんうん、そうだよね。平凡な女の幸せが一番だよね」となんとなく懐柔されてしまう。

しかし愛以前の問題として、革命が迫っているのに水晶の船に乗ってちゃまずいだろう、と気を揉《も》んでいたら、メルシー伯が渾身《こんしん》の説得を見せる。ホッ。ようやくスウェーデン貴族は国に帰りおったわい（もちろん「愛ゆえに」身を引いたのだ）。革命がはじまり、オスカルとアンドレが戦死するところで第一部完だ。ええっ、第一部？　もうとっくの昔に朝ご飯は食べ終わって、柿《かき》を食べたり蜜柑《みかん》を食べたりして粘っていたのに、まだ続くのね。幕間《まくあい》を利用してつま先立ち体操とか足上げ体操などをして、いよいよ悲劇に突入していくアントワネット様とフェルゼンの行く末に備える。

ちなみにアンドレの最期《さいご》の言葉は、「オスカル……命だけは……たい、せつ、に……」でした。最期の一言としてはちょっと手抜きすぎると思うんだが、もう少しひねりのある臨終の言葉はないのか。まあ、オスカル様命の生涯を終える平民アンドレ・グランディエのすべてが集約された名ぜりふと取れないこともないからいいかしら（こうして宝塚ではすべてが許されていく……）。

さて、第二部ではアントワネット様はついに革命政府に捕らえられ、牢獄《ろうごく》でギロチンを待つばかりとなっている。それでもベルサイユの赤ばらとして気高く美しい王妃様。人々の涙を誘わずにはおかない。というのに、真剣に見ている私の後ろで、母親がかつおぶしのパックをガサガサと開けたりしている。

「ちょっとお母さん！　『生活の音』がうるさいんですけど」

「いいじゃないの。これしきの所帯臭さに負ける宝塚じゃないもの」

たしかに、ひとしきり納豆とみそ汁と柿と蜜柑を食べて、ダイエット体操までしておきながら、今さら「生活臭」をうんぬんしても仕方ないか。母親もみそ汁を持ってテーブルにつき、いよいよ鑑賞に本腰を入れはじめた。

フェルゼンは王妃様がピンチと聞き、数ある困難をはねのけて必死にフランスに駆けつける。そしてとうとう、王妃様がいる牢獄にまで忍び込んでくるのだった……。

「なんなのこの牢屋！　こんな手薄な警備でどうするの！」

とまたもや乙女の夢にツッコミを入れたら、隣でビービーと鼻をかむ音が。まさか……とおそるおそるうかがい見るとやっぱり！　母親が滂沱《ぼうだ》の涙を流しているのだった。

「な、なんで泣くの〜！」

「あんたはなんで泣かずにいられるの！　もうこの客席だって半分ぐらいはハンカチを絞っているはずよ！」

うん、そうね（遠い目）。

「一緒に逃げましょう」と言うフェルゼンに対し、アントワネット様は「子どもを置いて自分だけ逃げられない。わたくしはフランス王妃として堂々と死にます」と涙ながらにフェルゼンだけ逃げるようにかきくどく。

このへんからは花總まりの独壇場で、男役トップを完全に食っている。花總まりは容姿もよく、歌も踊りもとてもうまいのだが、なんといっても演技力がずば抜けていて、可憐《かれん》で芯《しん》の強い高貴な女性をやらせたら右に出る者なしだ。和央ようかも、流麗な貴公子として容姿の点では文句はないし、歌・踊り・演技力と三拍子そろっているのだが、そろっているがゆえにややおとなしい感じがある。宝塚が彼女（彼か？）にはまる演目をうまく持ってきて、魅力のすべてを全開にさせてくれることを願おう。などと、ティッシュ五枚分も泣いている母親と、宙組男女トップスターについていっぱしに論評しあう。

「アントワネット様……」「フェルゼン……」こうして二人は永遠の愛を胸に、お別れするのでした……。

それにしても、名前を呼ぶ回数が多すぎるよ、宝塚。愛し合う二人のみならず、例えばメルシー伯が相手でも、「フェルゼン様、お聞き届けください」「それはできない、メルシー伯」「フェルゼン様！（思いをこめて）」「メルシー伯……(複雑な胸中をにおわせつつ)」こんな調子だ。あんたたちがフェルゼン様とメルシー伯だということは、もうよくわかったから、という感じ。母は、「そう? いちいち名前を言ってくれると、誰なのかわかりやすくていいじゃない」と平然と言う。ああ、ここにも「宝塚のすべてを許しちゃうわ病」の人がいる……。

きらびやかな宝塚の舞台。乙女の夢の結晶。結晶しすぎてほとんど悪夢の一歩手前だと思える時もあるけれど、それでもやっぱり私は宝塚が好きだ。見終わってから顔を洗おうとして、鏡に映った自分の姿にびっくりしちゃったけど。だって髪はぼさぼさで、未《いま》だに衣替えが終了していないからそのへんにあった適当な服をあるだけ重ね着してるしで、壮絶なまでに冴《さ》えないのだ。気分は夢の御殿の住人だったから、現実のすさまじさにたじろいだ。まあ、たじろげただけ良しとしよう。たじろがなくなったら、いよいよ夢の世界に行きっぱなしになっちゃったということだ。

その時には私の彼岸への旅立ちを祝って、「アデュウ、アデュウ」とレースのハンカチーフを振ってやってください。

たまあそび

なんで田中外相は真紀子大臣って呼ばれてるんですか？　私が気になるのはそこだ。彼女の言動とか外務大臣としての資質とかそういうことよりなにより、なんで真紀子大臣なの？　とそればかりを考えてしまう。「田中」という名字にインパクトが感じられないからかしら（全国の田中さん、すみません）。すでに超有名人の親父《おやじ》がいて紛らわしいから？　でもそれなら、やはり二世議員の河野《こうの》洋平だって外務大臣をやったけど、だれも洋平大臣とは呼ばなかったではないか。

和歌山カレー事件の時も思ったのだけど、あれにいたっては新聞記事の見出し、本文ともに下の名前に「被告」をつけてますよね。なんで？　夫婦で裁判中だから紛らわしいってのなら、従犯らしい旦那《だんな》の方を下の名前で呼べばいいじゃん。主犯格の女性の方は他の（男性が起こした）事件と同様に、名字に

「被告」をつければいいじゃん。ついヒートアップして語尾に「じゃん」が出ちゃった。

なんかこう、公《おおやけ》の人格のない女のすることだから、という香りを感じるのよね。だって大臣なんですよ？　もしくは、犯罪を犯したとして社会的に法律で裁かれようとしている人なのですよ？　それなのになんで私的なにおいの強い下の名前で呼ばれないといけないんだろう。私は凶悪犯罪を起こして裁判にかけられたとしても、しをん被告とは呼ばれたくない。他の男性犯罪者の方々と同じように、ミウラ被告と呼んでいただきたいわ。でも超有名な三浦被告がすでにいるから、やっぱり下の名前で呼ばれちゃうのかしら。くすん。

とにかく、なんで女性の場合には下の名前に「公」のポジションをくっつけて呼ぶことが多いのか、というその根拠を教えてほしいものだ。と、ぷんすか怒ってワイドショーを見ながら母親に言ったら、

「そうねえ。あんた最近ちょっと太ったんじゃない？」

という答えが返ってきた。そうかー。それが理由かー。って、ちょいとお母さん！　今そんな話はしてなかったでしょ？　しゅるしゅるとしぼむ私の中のフェミニズム（？）の闘志。ま、そうかもね。私が一番に考えないといけない

のは自分の体重のことかもね。

やはりなにかスポーツをするべきなのか、と一日中もんもんとしていたら、夜になって弟がすごく真剣にテレビのビリヤード大会を見ている。

「ねえ、ビリヤードってスポーツ？」

「そんなに体力は必要じゃないし、べつにスポーツじゃないな。頭を使うから、どっちかというと将棋みたいなもんだよ」

「ふうん」

画面の中ではものすごくガタイがよくて顔の怖いオランダ人と、ちょっと小太りのフィリピン人のおじさんとの戦いが繰り広げられている。オランダ人は少しケビン・ベーコンに似ている。

「でもこのベーコン君（仮名）は、すごく体を鍛えてるみたいだよ。顎《あご》なんかもばりばり人を食べちゃってもおかしくないぐらいがっしりしてるし」

「うん。こいつは筋トレとかしてそうだな」

と、肉体にはこだわりを持つ弟はうなずく。弟はサッカーの中田が好きなのだが（というかすでにもう男惚《ぼ》れの域かもしれない）、私が期待に満ちて、「なんで中田が好きなの？　かっこいいから？」と聞いたら、「体が頑丈だから」

と答えたほどなのだ。体が頑丈だから！　肩すかしを食らったような、しかしある意味ものすごく直球どまんなかモノホンというか、複雑な心境である。そんな弟ではあるが、「でもビリヤードの技術と筋トレはあんまり関係ないよ」と言う。

「そうなの？　でもさっきからベーコン君ばかり球を打って、フィリピン人のおじさんは出る幕がないみたいじゃない」

「これはそういう競技なんだよ。筋トレはベーコンの趣味にすぎない。このフィリピンのおじさんだって、ビリヤードの世界チャンピオンで有名な人なんだぞ」

「へえ！　このおじさんがねえ」

あらためておじさんを眺める。なんだか違反きっぷを切っていそうな、小太りの冴《さ》えないおまわりさん、といった感じだ。ポリス君と命名することにした。しかしビリヤードとはいったいいかなる競技なのであろうか。さっきからベーコン君ばかり次々と球を打っていて、ポリス君はずっと椅子《いす》に座ってそれを厳しい眼差《まなざ》しで見ているだけだ。最初は、「たまに画面に映るこの人はなんだろう。ベーコン君のコーチかなんかかな」と思っていたぐらいだ。ベーコンもたまにはポリスに打たせてあげればいいのに、カラオケでマイクを離さない人みたいに自分ばっかり打っている。

「いつになったらポリスの出番になるの?」

「ベーコンが失敗したらだよ。でもこいつ今日は調子がいいみたいだから、しばらくポリスの出番はないいな」

もしかして全然ビリヤードを知らないのか? と弟が疑惑の眼差しで言う。うっ。全然知りません。でも女には、友だちとビリヤードに行く、という文化はあまりないのだよ。かねてから疑問だったんだが、男の人っていったいいつのまに麻雀《マージャン》とビリヤードを覚えるんでしょうね。気がついたらまわりの男性はだいたい麻雀とビリヤードができるようになっていて、「なんで、なんで、いつのまに?」と驚いてしまう。

「1から9まで番号をふってある球があるだろ? この場合だと、何も番号をふっていない白い球を当てて、番号順に穴に落としていくんだ。失敗せずに球を順に落としていって、先に9を落とした方が勝ち。失敗したらそこで交代。たとえば、最初に突いた時に1の球と一緒に9の球も落ちたら、それでもうその人の勝ち。順に突いていって、4の球を落とす時についでに9の球も落とせたら、その時点で勝ち。逆に、どう突いてもこの5の球は落とせない、と思ったら、仕方がないからせめてものすごく打ちにくい所に5の球を転がすようにして、敵と交代することもある」

「はあー、なるほどなるほど。先を読まなくちゃいけなくてものすごく頭を使うね」

「だからベーコンみたいにマッチョなやつはむしろ少なくて、どっちかというとオタクみたいなのが多いんだ。この声だけ聞こえてる解説の日本人も世界チャンピオンなんだけど、見た目は『オタク』って感じだよ」

自分だってしょっちゅう友だちとビリヤードに行っているくせに人のことはオタク呼ばわりだ。その回もベーコンは9の球を無事に穴に落とし、いよいよポリスは苦境に立たされている。

「あんたは1の球から9の球まで全部一人で落とせたことは何回ぐらいあるの？」

「あのねえ！」

弟は身を乗り出してくる。「ベーコンは軽々と成し遂げているみたいに見えるのかもしれないけど、彼はプロなんだよ。これはホントはすっごく難しいんだぞ！」

「じゃあ一人で落としたことないんだね？　一回も」

「ないよ」

弟は憮然《ぶぜん》としている。

「ねえ、今度一緒にビリヤードに行こうよ。もしかしたら私、才能あるかもしれないし」

「絶対やだ。絶対行かない。たとえ何回突いてもブタさんなんて1の球だって穴に落とせやしない。ああ、目に浮かぶ。何回も突いてそれでも落ちなくて、癇癪《かんしやく》起こしてキューで俺に殴りかかってくるに決まってる」

「じゃあいいよ。一人で行くから」

なにさ、せっかく面白そうで、(少しは) 体を動かせるものを見つけたというのに。弟はニヤニヤしている。

「一人でビリヤード場に来るのなんて、すごくうまい人だけだぞ。恥ずかしいなー。逆に見物人が集まってきちゃうかもな。ブタさんが三十回ぐらい突いてるのに全然球が落ちないからさ」

「ふん。このプロの人たちだって、生まれた時からプロだったわけじゃないでしょ。下手で恥ずかしくても一人で練習してたから今があるのよ」

「そうだね。そのとおりだね。行ってこいよ、一人で」

なんだい、こんこんちきめ。画面ではポリスがいいところを見せられないままに、ベーコン君の勝利が確定した。これはやはり一人でビリヤード場に行かないと駄目だ。誰かと行ったって私なんてボーッと時間をもてあますだけだろう。思う存分練習してから、9の球を華麗に落とす私を弟に見せつけてやるとしよう。

弟が言っていた日本人チャンピオンが映し出され、今日の試合の総括をしている。

「この人がチャンピオン？　全然オタククさくなんてないじゃない。むしろ感じのいい人じゃない」

「……」

「なんで黙ってんの」

「いや、ブタさんの基準を甘く見ていたな、と思った。そうだよな。いつも生《き》粋《っすい》のオタクばかり見てるんだもん、この人なんてブタさんにとってはまだまだ普通レベルだよな、うんうん」

いちいち頭にくるわね、この子は。まあとにかく、機会があったらビリヤードを試してこようと思う。自分でもやる前からなんとなく結果はわかってるような気がするんだけど。

四章　さみしく轟《とどろ》く冬の風

ネズミ小僧の最期《さいご》

部屋の窓の外に植わっている花みずきも、最近では赤く色づいた葉をちらほらと残すほどになってしまった。そうすると視界が開けて、向かいの家の犬が庭をうろうろしている様子などが観察できる。

ここのところ毎日毎日飽きるほどずっと部屋にいるので、見るものといえば向かいの家の犬ばかり。全体に白っぽくて腰のあたりがうす茶色の雑種らしき犬。彼（たぶん）はもちろん自分が観察されていることなど知らないから、無邪気に庭を掘り返したり草の中に分け入って探検気分を味わったりと、日向《ひなた》で一日中遊んでいる。たまに家の中から飼い主に呼ばれるのか、尻尾《しっぽ》を振りながら視界から消えてしまう。そうすると私はつまらなくなって、早く庭に戻ってこないかなあ、とぼんやりと彼の帰りを待つ。

もしかして私が彼の犬で、彼は私のご主人様なんじゃないかしら。そんな倒錯的な気分にひたってみたりもする。それでもまだ彼は庭に帰ってこない。犬よりも暇をもてあましている私。

そんなときは視線をちょっと手前に戻して、花みずきの木を観察する。ちょうど目の前の木の股《また》に枯れ葉の塊が引っかかっている。私はそれをずっと、花みずきの落ち葉が何かのかげんでそこに絡《から》まったものだろうと思っていたのだが、よく見るとそうではなかった。枯れ葉の塊は、花みずきではない別の木の葉っぱで構成されているのだ。なるほど、ではこれは誰かの巣であったのか、と気づく。

私の部屋の真ん前で巣作りに励んでいた何者かがいる。しかもその何者かは、完成を目前にしている巣を放置したまま、どこかに行ってしまったらしい。枯れ葉の寝床はむなしく風に吹かれるばかりだ。

たまに、謎《なぞ》の先人が遺《のこ》した巣を見学しに、めじろの夫妻がやってくる。あら、こんなところにお家があるわよ。そうだなあ、ここまで作ってあれば、もう少し手を加えるだけでいいから楽かもなあ。そんな会話をかわしながら（たぶん）、夫妻は枯れ葉の巣に入って居心地を試したりする。

めじろは警戒心が強いので、夫妻が巣を見学に来ているときは私は身じろぎもできない。窓辺でじっと成り行きを見守る。心の中では、「奥さん、その巣は日当たりが良くて、ベイビーちゃんのためにも最適の物件ですぜ。けっこうしっかりした造りだから安心だし、気に入らない部分のリフォームもすぐにできます」と不動産屋のようにセールストークを並べたてている。しかし夫妻はなかなかふんぎりがつかないらしく、巣の周辺などもくまなく見てまわって検討している。

そうなると問題なのは私の尿意で、「お客さん、ちょっと失礼しますよ」とトイレに立たねばならない。めじろ夫妻は突然窓辺で動いた影に驚いて、わたわたと飛び去ってしまう。彼らは三、四回は見学に来たのだが、そのたびに私の不用意な動作に驚いて逃げていってしまった。日当たり良好の優良物件にもかかわらず、枯れ葉ハイツは未《いま》だに空室のままである。周囲の治安があまり良くないと鳥世界で噂《うわさ》が広がってしまったのだろう。先人が巣作りを放棄したのも、気づかぬうちに私が彼らの生活を脅《おびや》かしていたためだろうかと自分の尿意を恨めしく思う。

どうも鳥にはこちらの善意が伝わりにくい。この枯れ葉ハイツに入居してくれたあかつきには、私が夫妻の留守番役を買って出て、カラスなどの襲撃からもベイビーちゃんを守ってあげようと思っているのに、その意気込みが通じないらしい。

そういえば、足に紐《ひも》が絡まって木からぶらさがっていた鳩《はと》を助けようとした時も、暴れて暴れて大変だった。こっちの意図をちっとも汲《く》まず、木からぶらさがっている状態のくせに攻撃してくる。鳥って脳みそちっちゃいからなあ。「鶴《つる》の恩返し」は本当にあり得るのだろうか。鳩を助けてから十年以上たつが、未だに恩返しはないみたいだ。もう少し待ってみよう。十年以上前のことを覚えているのなんて人間ぐらいのような気がするが。

そんなこんなで、遠目に眺めるよその家の犬と、たまにやってくる臆病《おくびょう》なめじろ夫妻を心の友としている日々なのだが、大事件が発生した。なんと、ある朝目覚めると窓の下にネズミの死体が転がっていたのだ。ぎゃ。これはどうしたこと？　まさかこれが鳩の恩返しではあるまいな。

とりあえず初動捜査が肝心なので、心の中の刑事課に出動要請をかける。

「ヤマさん、ガイシャは」

「なに、コロシです！」

「体長十センチぐらい（尻尾も含めると十四センチぐらい）。小柄でやせ型。

日当たりのいい草の上でぱったりと横倒しになったまま事切れてます。見たところ外傷はありません」

「それじゃまだコロシか病死かわからんじゃないか」

「でもネズミですよ？　ネズミもいきなり心臓発作とか起こして人んちの窓の下でぽっくり死んだりするんですか？」

「わからん」

　ヤマさんもお手上げの難事件だ。犯人は現場に戻ることがあるらしいので、ネズミはそのままにして張り込む。すると、このへんのボスらしき茶色い猫（勝手にぶちゃいくと命名している）が現れた。ぶちゃいくはうちの庭を散歩コースに設定しているらしく、たまにぶらぶらやってきては用を足したりするのだ。

「ヤマさん、ぶちゃいくですよ！　やっぱりあいつが？」

「シッ。気取られないようにそれとなく見張るんだ」

　しかしぶちゃいくは被害ネズミの死体はあっさり無視して裏手にまわっていってしまった。

「ネズミの死体があるのに無視ですか。あいつホントに猫なのかな」

「ぶちゃいくはネズミよりも鳥がお好みなのかもしれん。あいつがスズメを狙《ねら》っているところは何度も見かけたことがあるんだが……」

あわよくば、ぶちゃいくがあのネズミの死体をどっかに持っていってくれないかな、と願っていたのだが駄目だった。残されたネズミ君を前に、うなるヤマさんと私。

「カラスが捕まえたネズミじゃないか」

新しい推理を披露するヤマさん。「屋根の上から落っことしてしまったのかもしれんぞ」

「そんな鷹《たか》のようなカラスがいるんでしょうか。あいつらはなぜか石鹼《せっけん》は持っていきますが、ゴミで満腹なのにネズミまで狩るとは思えません」

結局、ヤマさんは現場保存を言い渡し、心の中の警察署に戻っていってしまった。途方に暮れつつも、「現場百回」の心意気で一日に二十回ぐらいネズミの死体を観察。手足はピンク色で、よく見ればかわいくないこともない。どうしてこんなところで死んじゃったのかなあ、とちょっと哀れになってくる。

夜遅くに帰宅した父にさっそくご注進。

「お父さん！　外でネズミが死んでるからなんとかして」

「埋めなさい」

「だからお父さんが埋めて」

埋葬権を押しつけあう。翌朝まで揉《も》めた結果、私が穴を掘り、父がネズミを運ぶことになった。

広告の紙にシャベルでコロンとネズミを乗せ、裏の山まで運ぶ。

「ひぇー、お父さん！　ネズミが紙からはみ出てるよ」

中途半端《はんぱ》にはみ出しているとなんだか気味が悪い。木の根元にさっさと穴を掘る。

「ねえ、なんでそのネズミは死んだのかなあ」

「どっかで毒団子でも食べたんじゃないか。食べてから日に当たるとコロッと死ぬらしいから」

ホントかなあと思いつつ、ざくざくと掘り進める。じゃあ、このネズ公はちょうどうちの窓の下まで来たところで朝日に当たって死んでしまった、ということになる。見開かれたままのまん丸の目が最後に映したのは朝日の光だったのか。またもネズミが哀れに思えてくる。

ぶちゃいくが掘り返したりしないように深めに穴を掘って、埋葬は完了した。

「なるほど。掘った跡はけっこう残るもんだから、こりゃあ死体を埋めてもすぐばれるな」

「でも、たとえネズミの死体でもそのまま放置しておくのはなんとなく嫌な気分だもん。ただ隠すためだけじゃなくて、埋めてケリをつけたいっていう心理じゃないの」

裏山で不穏な死体隠匿《いんとく》談義。

「とにかく、これでネズミの恩返しがあるかもしれないぞ」

やはり親子らしく発想が似ている。「チューチュー。親切にありがとう。お礼にお婿《むこ》さんになってあげます、とか言ってくれるかもな」

「いらん。丁重にお断りする。成仏《じょうぶつ》してくれ」

こうして死因は不明のままにネズミは土の下に。相変わらず枯れ葉ハイツには借り手がつかず、犬は私の存在とネズミの死体に気づかないまま、いつもどおりの日常が戻ったのでした。

和菓子の官能

ちくま文庫から「怪奇探偵小説傑作選」というシリーズが出ていて、その中の一冊に久生十蘭《ひさおじゅうらん》の巻がある。改めて読んでみて、やっぱりすごく面白いやと思った。私が初めて読んだ久生十蘭の作品は『湖畔』で、小学生の時だった。たぶん図書館で借りたのだと思うが、「ちくま文学の森」シリーズというアンソロジーの中に入っていた。この話を読んだ私はなんだかほの暗い興奮を感じ、一人でびくびくと後ろめたい気分でいた。その時は作者自身については「なんかヘンな名前」ぐらいにしか印象に残らず、後に久生十蘭を読んで『湖畔』と再会した時にはどきりとした。湖に沈めたはずの死体が突如浮上してきてしまったみたいに。『湖畔』はそういう話なのだが、もちろん十蘭先生のことだから一筋縄ではいかないのだけれど。

今回、何度目の再読かわからぬが『湖畔』を読み返し、小学生の私はいったい何に興奮を感じたのかしら、と考えてみた。金はあるが醜く、意固地でプライドの高い華族の男が、若く美しい娘の明るさと優しさに接して彼女を愛するようになる。しかし生来のねじまがった性格のために、素直に自分の心を告げられないまま強引に結婚することになる。男は結婚しても相変わらず素直になれず、妻となった娘に居丈高《いたけだか》に振る舞っていたが、やがて妻が他の男と密通していることが発覚し……というお話。

本当はお互いに好きあっているのに、なかなか思いが通じない、というのは少女漫画の黄金のパターンだ。そんなこともあって小学生にもとっつきやすかったのだろうが、しかし私を惹《ひ》きつけたのはなんといっても、全編に漂うエロティックな腐乱臭だろう。冷え冷えと空気は冴《さ》えて、地面は霧に湿っている。風光明媚《ふうこうめいび》で清涼な保養地のはずのその湖畔には、いつもほのかに、生き物の腐っていく甘ったるい臭いが漂っているかのようだ。

男は妻を絞め殺す。やがて湖から上がった死体。棺に入れようとしたその腐乱死体から、ポロリと戸板に肉片が落ちる。

それらの場面のすべてに私は興奮したのだろう。今読んでもどきどきするぐらいだ。

この、「どこがエッチなわけでもないのだが、濃厚にエロティックだ」というテイストが私はとても好きである。ケーキではなく和菓子のエロティシズムとでも言おうか。半透明の白いぎゅうひから、中の薄桃色の餡《あん》がほんのりと透かしてみえているような……。そして食べてみると、意に反してほのかな苦味が口に広がるのさ。ちょっとびっくり、でもやみつき。

和菓子のエロティシズムを備えている漫画にはどんなものがあるだろうか、と考えてみて、佐藤史生《しお》の名前が浮かんだ。「プチフラワー」(小学館)などで独特のSFを描いてきた人だ。最近ではコミックスを手に入れにくくなったが、折良く早川書房から短編を収録した文庫が出た。表題作となっている『天界の城』が、和菓子のエロティシズムにあたるであろう。私はこの話が好きだ。私のツボである「主従物」だということを差し引いても、なかなか背徳的な三角関係の話。あっさりとした絵柄ゆえになおさら、どろどろと得体の知れない情念が迫ってくる。

好きになると体系的に読んでしまうのが、探偵(推理)小説とSF小説と時代小説ではないかと思うのだが、私は残念ながら体系的に読書をしたためしがない。どこからともなくその作品に辿《たど》り着いて、「探偵小説だ」とか「SFだ」

とかジャンルを気にすることもなく読んできた。だから、「探偵小説作家」の流れで久生十蘭やら中井英夫《ひでお》やらを読んでいるわけではない。SF小説にいたってはほとんど読んだことがない。しかし、こうして久生十蘭の探偵（?）小説を読み、佐藤史生のSF漫画を読むと、つくづく思うのだ。どうして面白い探偵漫画ってあまりないのだろう、と。つまり、SFというジャンルは、漫画という表現手段によって素晴らしい作品が生み出されてきたのに、探偵物の漫画といえば、コナン君とか金田一少年とかしかないではないか。どうして、久生十蘭みたいな世界が漫画ではあまり表現されないのだろう。

もちろん、絵で描くとトリックなどをうまく表現できず、ミスリードさせにくい、ということがあるのだろう。トリック部分にモザイクをかけたら、そこがミソだとわかってしまうものなあ。近い味わいを持っているのは石原理《さとる》の『其《そ》は怜々《れいれい》の雪に舞い』（ビブロス）だと思うが、推理とかトリックとかいう意味では物足りない（そういうものを主眼に置いた話ではないのだから当然だが）。

たとえば中井英夫の世界を漫画で表現するとしたら、誰が描いたら良いだろうか、などとつらつら考えてみると（そんなことばっかり考えている）、なぜか今市子や鳥人ヒロミや本仁戻といった、いわゆる「ボーイズラブ系」で描いている人ばかりが浮かぶ。王道の少女漫画誌で描いている人は、今や人物がものすごく幼児顔になっていて、隠微な感じや、ちょっと薄暗いような家の内装やらを描けそうにない絵が多いからだ。和菓子のエロティシズムはどんどん消えゆこうとしている。とても残念で、腹立たしい事態だ。

私はこれからも、カロリー摂取オーバーと言われようとも、和菓子のエロティシズムをばくばく食べようと思う。そこには私にとって懐《なつ》かしく美しいものが確かに存在していると感じられるからだ。

二度目の青い果実

最近ちょっと情緒不安定で、井の頭線に乗っている父娘《おやこ》の姿を見ただけで、なんだか涙があふれてきたりする。

女の子の背丈はまだお父さんの腰ぐらいまでしかなくて、身じろぎもせずに父親にぺったりとくっついてドア付近に立っている。父親は小さな娘の肩に優しく手を乗せていて、たまに頭を撫《な》でてあげたりする。彼女の髪の毛がこごっていることに気がついて、父親は指先でそっとほどく。女の子はその間も黙ったままで、すごくおとなしく安心しきって父親に抱きついている。彼女は電車の中でもう本当に自分の父親だけがすべてなんだなあ、と思ったら、ちょびっと泣けてきてしまったのだ。

だって涙が出ちゃう、女の子だもん。というよりは、「うきうき地球動物パーク」という感じのテレビ番組で、「タスマニアデビルの子別れ」を見て涙ぐんじゃう更年期の主婦みたいな精神構造（お母さんこの頃すっかり涙もろくなっちゃってねえ）に近づきつつあるようで少し自分が怖い。

そして、マスカラを塗ったところでたいして増量もされない睫毛《まつげ》をしばたたかせながら、どうして私は今見た情景で泣けてしまったのだろうか、と心の内を検証してみる。父親が娘を愛するように、私もだれかに愛されたいのだろうか。それとも自分を一心に頼ってくる何か（チビッコや犬など）を私も愛したいのだろうか、なんて青臭くて不毛なことをぐるぐる考えてしまう。ちょうど乗り合わせていた女子高生の一人が唐突に、「ああ、私もそんな恋がしたーい」と言うのを聞いて、恋……いや私が今欲しいのは恋とはたぶん微妙に違った何かなのだわ……などと曖昧《あいまい》な乙女心。

思春期は少年少女の時に一度だけ訪れるのではなく、実は生きていると周期的に訪れるもやもやとした季節なのだろうとここ数年で了解した。きっと更年期も人生における何度目かの思春期の別名なのであろう。

そんな気恥ずかしい心地を我ながらもてあましているところに、「死国」のYちゃんから電話があった。

「年末のバクチクの武道館ライブのことなんやけど」

嗚呼《ああ》、バクチク。これぞ正真正銘の思春期から引きずる私の恥部。この年になっても、なぜかYちゃんと一緒に津々浦々おっかけ行脚《あんぎゃ》をしてしまうバンドである。

「あー、ホントに年も押し迫ってきた日にやるんだよね？　みんな大掃除やおせちづくりで忙しい頃なのに、はたして武道館が埋まるのかどうか私はちょっと心配よ」

そう嘆息してみせると、Yちゃんはケロリと、

「私、行くから」

とのたまう。「えっ」と驚く私。

「だってだって。Yちゃん仕事は？　年越しの準備は？」

「その頃はもう年内の仕事は終わっとるし、準備なんてどうでもいいけん。しをんだって行くやろ？　そう思ってチケット二枚取ったで？」

「ええっ」

「行かんの？」

「いや、行きますよ。取ってくれてあるならもちろん行く。しかしYちゃん、すごいね。年末にわざわざバクチクのために東京まで……」

「私も自分で、『こんな時だけこの行動力ってどうやの』って思うけど、仕方ないんよ。もうとんぼ返りで東京行くけん一緒に楽しもう」

「そうだね。うんうん、そうしよう」

はあ、とどちらともなくため息がこぼれる。

「なあ、しをん。最近バクチクはシングルを出したんやけど知っとる？」

「ううん、知らなかった」

「すごくひっそり発売中らしくて、私もこの前知ったんやけど、曲のタイトルがすごいんよ」

「なんていうの？（いやな予感）」

「トゥウェンティファーストチェリーボーイ」

「チェ、チェリーボーイ？（声が裏返る）」

「赤面してしまうやろ？　ＣＤ屋でも絶対に店員に聞けないタイトルやろ？」

「ううーむ、愛が試される時なのかしら。しかし三十も過ぎた男どもが『チェリーボーイ』っつうのはどんなもんだろう。ちょっとずーずーしくはないだろうか」

「この暗いご時世に破廉恥《はれんち》なまでに明るいのがまた不気味やし」

「ジャ〇ーズの若手アイドルグループだってそんなタイトルの歌は歌わんだろう」

「しかもカップリング曲は『薔薇色《ばらいろ》の日々』」

「ぐわ。そういうタイトルが許されるのは及川光博《おいかわみつひろ》ぐらいなのに！」

「ここまでくるともう、どんな音楽なのかいっちょ聞いてやる！　って気になってくる。それが戦略なんやろか。戦略が行き過ぎて恥ずかしくてCD屋で探せんっちゅうの！」

「……ねえ、Yちゃん。私はさすがにバクチクのみなさんに自分がついていけるのか不安になってきたよ」

「私もさ。でも武道館に行ってしまうんよねー」

「どんなに馬鹿《ばか》をやらかしていようともその人の行き着く先を見届けたい。これが惚《ほ》れるということなのかしら」

「惚れてんのか意地なのか、すでにもうわからんけどね」

「そうねえ。あまりにも長い間、遠くから見守り続けたせいで、もう自分の立ち位置がよくわからなくなってきたわ。でもとにかく年末、武道館でぼくと握手、だ！」

「……おう！（小声）」

ちなみにその「チェリーボーイ」はバンドのボーカルとギターの二人が共同で作詞したそうで、二人が喫茶店のテーブルにノートを広げて、ああでもないこうでもないと面突《つら》き合わせて詞をこねくりまわしている姿がぼんやり浮かびました。なんか「軽音部でバンドを始めたばかりの高校生」みたいだなあ。

いや、バクチクの音楽ってストライクゾーンを微妙にはずした面白いものだと常々私は思っているのだが（そしてその意見に同意してくれる人が私のまわりにはあまりいなくて哀《かな》しく虚《むな》しいのだが）、アルバムが出るたびに買い、ライブに行ってしまうのは、そのバンド臭さがあるからなんだろう。高校生がなんとなく友だちと始めたバンドが、やがてそこそこ売れるようになって趣味から仕事になって、音楽的にもどんどん変化していって、それで下手したらもう十五年以上同じメンバーで一緒に何かを作っている。

それはもう奇跡に近いんじゃないかと私には思えるのだ。そういうメンツで何かを作って、しかもそれで食べていくというのは、得難い幸せであると同時に、ものすごく厳しくて鬱陶《うっとう》しい時もあるんだろうなと勝手に想像するのだけれど、「バンド」というものが好きな私としてはやはり、彼らが行き着く場所を見てみたい。

もしかしたらそれは、誰もが、「もう自分は過ぎてしまった」と思っている思春期が生成変化していくさまを見る、ということなのかもしれないなとふと思い当たった。だからYちゃんとバクチクを語る時、なんとなくこそばゆくて頬が赤らんでしまうのかもしれない。

自分が思春期まっただなかだった時に聴いていた人たちの、「今」の音楽を少し客観的な立場で見聞きする。彼らももちろん変わっていっているし、こっちも年月の分だけ変化していて、そのために生じた齟齬《そご》が少々こっぱずかしい思いを喚起するのだろう。そのためだけではなく、タイトルに「チェリーボーイ」なんて言葉を持ってこられたら誰だって気恥ずかしいだろ、という気もするけれど。

微妙に二度目の思春期らしい迷い多きお年頃なところに、タイミングよくYちゃんからの電話があって、中学生の時から少しは進むことができたのか停滞したままなのかわからない自分の心情をかえりみたりしたのであった。これは更年期では断じてない、と思いたい。

超戦隊ボンサイダー

始発で家を出て京都旅行に行ってきました。遊びの時だけは行動力がある、と友人にも呆《あき》れられた。新幹線の中で寝ればいいやと思って徹夜で用を済ませ、お風呂《ふろ》に入ってまだ暗いうちに出発。ところが計画通りに事は進まず、新幹線の中でちっとも眠れなかった。だって朝日が射《さ》す雪の積もった富士山やきらめく海が窓から見えて、とても綺麗《きれい》だったのだ。寝てなどいられない。「うわあ」とお上りさん丸出しで外を眺めていたら、興奮して目が冴《さ》えてしまった。

ふらふらなんだかびんびんなんだかわからない徹夜明け特有のテンションで京都駅に降り立つ。前日から京都入りしていたぜんちゃん、ナッキー(仮名)と合流。早速銀閣寺に向かうことにする。

京都は紅葉がもうそろそろ終わりというころで、名残の木の葉を見ようという人でごったがえしていた。銀閣寺の庭には白い砂でできた波紋とプッチンプリンみたいな山があるのだが、これがいつ見ても塵《ちり》一つ積もっておらず崩れることもなく整然としている。

「すごいねえ」

「これホントに砂でできてるのかな。実はコンクリで固めてあるんじゃないの」

などとお坊さんたちの精進を無にする不信心なことを言い合う。

「ちょっと触って確かめてみようよ」

と柵《さく》から手をのばしたら、ちょうど目の前に「お手を触れないでください」と立て札があった。

「あらら、触っちゃダメだって」

「やっぱりコンクリなんだよ、これ」

うなずきあう私たち。なんだか「おばちゃん三人、秋の京都小旅行」みたいだ。

ぜんちゃんとナッキーは、「ここで写真撮ろうよ」と言うが早いか、もう「パシャ」とお互いの姿を使い捨てカメラのフレームに収めている。彼女たちは写真を撮る位置を決めるまでは、なぜか「ひゃー」とか「ひー」とか言っている。そしてシャッターを切る瞬間だけは黙る。それからすぐに場所を交替して(その間もなぜか意味もなく「ひゃー」と言っている)、今度は相手を撮る。

私はたじろいだ。

「ちょ、ちょっと、ぜんちゃん、ナッキー。あんたたちまさか、昨日からそうやってお互いを写真に撮ってたんじゃないでしょうね」

「そうだよ?」

「せっかく京都に来たのに写真がないんじゃ寂しいから、使い捨てカメラ買ったんだ」

「でも……今のあなたたちの姿、まさしく林家ぺー、パー子夫妻みたいだったよ……私ちょっと恥ずかしい」

ぜんちゃんとナッキーはきゃらきゃらと笑う。

「ぺーさんかぁ。気づかなかったけど、そんな感じだったかしら」

「まあまあ気にしないで。しをんも撮ってあげるよ」

ひゃー、ひー、パシャ。無理やりフレーム内に引き込まれて記念撮影。ううう。やっぱりおばちゃんの旅行だ、これじゃ。

気を取り直して「哲学の道」を歩く。最初は素直に疏《そ》水《すい》脇《わき》の紅葉などを眺めながら歩いていたのだが、小さな寺の境内の片隅に置かれていた盆栽を見たあたりから私たちは崩壊しはじめた。ナッキーがぼそりと、

「松グリーン。菊イエロー。ブルーローズ。梅レッド。牡丹《ぼたん》ピンク」

と言ったのが原因だ。その言葉に色めき立つぜんちゃんと私。

「おおっ。ナッキー、戦隊物ね、それは！」

「ようし、チビッコたちのために設定を考えよう！」

なぜ京都で突然、日曜の早朝の子供向けテレビ番組の設定を勝手に考えはじめるのか謎《なぞ》だが、火がついた私たちを止める者は誰もいない。こうなるともう紅葉なんてそっちのけだ。

「しかしレッドって普通は五人の中でもリーダー格でしょ？　なのに『梅レッド』ってものすごくかっこわるいような……。『ブルーローズ』の耽美《たんび》さとずいぶんな違いだね」

私たちは「哲学の道」を脇目もふらずにざかざか歩きながら、戦隊「ボンサイダー」について真剣に議論する。

「やっぱり人間の姿をしている時の職業が必要かな。梅レッドはラーメン屋のあんちゃんがいいと思う」

「それじゃあ、松グリーンは高校の社会科教師なの。メガネかけてて地味な感じの」

「菊イエローはその生徒。ちょっとグレてて髪の毛を金色に染めている」

「いいねえ。ブルーローズはホストかな」

「いや、日曜の朝にチビッコが見るのにホストじゃあ保護者からクレームがくるよ。喫茶店のバイト青年にしよう。ちょっと憂《うれ》いのある」

「うむうむ。じゃあ牡丹ピンクが紅一点というわけ？」

そこで私たちは顔を見合わせた。

「セーラームーンにしてもおじゃ魔女どれみにしても、色々なタイプの女の子を取りそろえているよね？　元気のいい可愛《かわい》い系とかメガネとか大人しい大和《やまと》撫子《なでしこ》風とか陰のある美少女とか」

「そう！　そうなのよ！　なんで戦隊物は、お茶を濁すみたいに一人しか女の子がいないわけ？」

「あれなら女なんていらないよ。もういっそのこと全員男にしたほうが潔《いさぎよ》いよね！」

というわけで、ボンサイダーは男ばかり五人ということに決定した。

「でも、ただ男ばっかり五人だとつまんないから、牡丹ピンクは元は男なんだけど性転換したことにしよう」

「それいい！ それで実は、牡丹ピンクは梅レッドのことが好きなの。まだ男だった時に梅レッドに告白したんだけど、『おまえが女だったら考えてやるけどな』って言われて性転換した」

「ああ、なんだかつらい話だわ」

「僕は男とか女とか関係なく梅レッドのことを好きになっちゃったんだ」

「そうかい、ズルズル（↑ラーメンを食べる音）。でも俺は人を好きになるときに、相手の性別もやっぱり気になるんだよな。おまえが女だったら考えないこともないけど。性別は関係ないって言うなら、おまえいっそのこと女になってくれよ」

「ひどい！ ひどい奴《やつ》だよ、梅レッド」

日曜の朝の子ども番組からはどんどん内容が遠ざかっていく。

「松グリーンと菊イエローというカップルもいいと思うの」

ぜんちゃんがうっとりと切り出す。「先生と生徒。ちょっと不良ででも繊細な少年と、地味そうでいて実は酸《す》いも甘いもかみ分けた大人との禁断の恋」

「よっしゃ。それいいね。ポイントを押さえてるよ（なんのポイントなんだか……）」

「そこに菊イエローに反発を感じつつも気になってしまうブルーローズが絡《から》んでさ」

うしし、うしし。不気味に笑いさんざめきながら散策する三人。このメンバーでは、戦隊は男ばかり五人だったのでは？　というツッコミを入れる人間もいない。妄想はどんどん肥大していく。

「ところで……ボンサイダーは何と戦っているわけ？」

カップルの設定にばかり気を取られて、一番重要な点をすっかり失念していた。

「それは御厨《みくりや》老人がね」

とナッキーが説明を始める。まるで、「銀閣寺は足利義政《あしかがよしまさ》が建てたものでね」というぐらいに自然に。ぜんちゃんと私は、「突然出てきた御厨老人って誰やねん！」と心で思っていたが、一応耳を傾ける。

「御厨老人（植物学の博士。現在は引退して悠々自適の生活）は盆栽をすごく大事に育てていたんだけど、そのコレクションが、ライバルのセイタカアワダチソウタロウ博士の送り込んでくる松食い虫によって、壊滅的な打撃を受けてしまうの」

「ちょっと待て！」

ついに辛抱たまらなくなり、懐《なつ》かしの「ちょっと待ったコール」をかけてしまう私。

「その『セイタカアワダチソウタロウ博士』っていうのはなんなの！　まずどこまでが名字かがわかんないよ」

「セイタカアワダチ・ソウタロウ、ということにしよう」

「はいはい。続けて」

「それで御厨老人は、盆栽を守るために超戦隊ボンサイダーを生み出し、選ばれし五人の戦士たちが集った、というわけ」

「基本はそれでいいけど、ちょっと弱いね」

とぜんちゃん。「盆栽にしても、セイタカアワダチ草や松食い虫にしても、突き詰めればどっちも植物とか生き物とか『自然』なわけでしょ？　もっとチビッコにわかりやすい巨悪が必要だよ」

「じゃあ、御厨老人率いるボンサイダーと、セイタカアワダチソウタロウ博士率いる松食い虫軍団の他に、巨大資本の開発会社を設定しよう」

「うむ。わかりやすくていい。最初はボンサイダーは松食い虫と戦っていたんだけど、そのうちにもっと大きな共通の敵の存在に気づいていく」

「それが悪の開発会社。自然破壊とかバリバリしちゃうの」

「そこにも人間ドラマがあって、悪玉の会社の会長は、実は昔、宇宙植物研究所地球支部で、御厨老人（その頃は青年だった）とセイタカアワダチソウタロウ博士と共に研鑽《けんさん》の日々を送った人物」

「三人は、ある美しい女性に恋をして、彼女に幻の『青い薔薇《ばら》』を捧《ささ》げるために日夜研究に励んでいた」

「でも青い薔薇の開発を巡って熾烈《しれつ》な競争とか権力闘争とかがあって、彼女はそれに胸を痛めて姿を消してしまった」

「ボンサイダーの一員である『ブルーローズ』は、実は青い薔薇を開発する途中で会長が遺伝子操作で生み出したアンドロイドなのだ」

「スパイとして御厨老人の所に送り込まれ、ボンサイダーの一員として何食わぬ顔で戦うブルーローズなんだけど、だんだん仲間と打ち解け、松食い虫たちとの戦いにも疑問を感じ始める」

「本当の悪は、実は会長の方なのではないか？」

「苦悶《くもん》するブルーローズ」

「そして菊イエローは、失踪《しっそう》してしまった女の息子なの（年が合わないけどまあいいか……）。母親を早くに亡《な》くして今はちょっとグレ気味になってしまった」

「御厨老人も、敵のセイタカアワダチソウタロウ博士も、菊イエローに母親の影を重ねて見る。それが若い彼にはうざったい」

「そんな菊イエローを複雑な眼差《まなざ》しで見つめるブルーローズ。こいつの母親の為《ため》に捧げられるはずだった伝説の青い薔薇……自分はその薔薇の残りカスみたいな物から生み出された生命なのか……と」

「しかもスパイとして仲間を裏切らなければならない。憂いのブルーローズ」

「そうこうするうちにも、山の開発はどんどん進み、セイタカアワダチソウタロウ博士の秘密基地も破壊され、松食い虫たちも住みかを追われてしまう」

「さあ、どうなる緑の星！」

「たたかえボンサイダー、地球のために！」

おう！　と盛り上がったところで我に返るともう南禅寺まで歩いてきてしま

っている。景色も見ずに、ああ、なんのために京都まで来たのやら。

チビッコたちに大人気になること間違いなしのこの企画。どこかのテレビ局が買ってはくれないものだろうか。ちなみにブルーローズがホストクラブで働いていて、梅レッドと牡丹ピンクの膠着《こうちゃく》状態の恋が一歩進んで、菊イエローと松グリーンのラブラブ学園生活も覗《のぞ》ける「裏・ボンサイダー」は土曜深夜二時四十分から放映予定（嘘《うそ》）。日曜の朝の「表・ボンサイダー」と併せてご覧下さい。

こうして、私たちの（無意味な）京都旅行一日目は終わろうとしていた。（以下次号）

磯野《いその》家も真っ青の京都観光ガイド

(前号のあらすじ:始発で家を出て京都に赴いた私は、十年来の友人であるぜんちゃん、ナッキーと合流し、疏水《そすい》べりを散策しつつ古都の初冬を満喫したのであった)

前回の話をウェブで発表したところ、それを読んだ人から、「本当におまえは京都に行ったのか⁉」というメールを多数(※友人から二通)いただいたので、今回はその疑惑を晴らすことに全力を傾ける所存の私である。そういうわけで、京都旅行報告第二弾だ。

銀閣寺から「哲学の道」を南禅寺方面に歩いた私たちは、今度はバスに乗って三十三間堂に向かうことにした。慣れない街で目的地に向かうバスや地下鉄を探すのは至難なことだが、そこはさすが京都である。メジャーな観光場所は、行き先としてでかでかとバスに表示されているので安心だ。

三十三間堂は、横に細長いお堂の中に雛壇《ひなだん》があって、そこにびっしりと仏たちが立っている、という壮観なものだ。今にも第九を歌いだしそうな仏たちの群れ。その数なんと千一体だそうで、いやはやなんとも昔の人の根気と執念深さには驚かされる。千一体というのは半端《はんぱ》な数だが、一体は真ん中にある大きな仏なのだ。その大きな仏の両脇《りようわき》にずらりと五百体ずつ小さな仏たちが並んでいるというわけ。しかも一体一体がちゃんと違う顔をしていて、さらに一体につき十一個の顔と四十本の腕がついているのだからもう大変だ。拝観者はその仏たちと向かい合うようにしてカニ歩きに細長いお堂を進む。圧巻すぎて口からは、「ふへぇー」という魂が抜ける時のような音しか出ない。

ぜんちゃんとナッキーと私は、もちろん千一体の中から熱心に自分の好みの顔をしている仏を探し出した。これは結構その人の趣味がよく表れるので面白い。私が「いいな」と思うのはたいがい、ちょっと冷たいようなくっきりした顔をした仏だが、ナッキーが「いい」と言うのは朴訥《ぼくとつ》そうなほんわかしたムードの仏である。このへんがいわゆる、結婚できるか否《いな》かの分かれ目なのか⁉（ナッキーは結婚を控えている身）

さて、そうやって真剣に仏と向かい合っている私たちだが、その足もとでは実は「青竹踏み」が行われている。三十三間堂の床には通路を示すために、かまぼこ状の木がずっとはめ込まれているのだ。このかまぼこ状の盛り上がりを踏みながら通路をカニ歩きすると、くぅう、きくー。仏を見ながら青竹踏みの効果を得られるという、まさに御利益《ごりやく》も二倍のありがたさ。私たちは気持ちよくぐいぐいと土踏まずを刺激しながら、好みの仏を探し出していたというわけだ。

「これホントに気持ちいいよ」

「極楽を見るというのはこういうことかしらねえ」

などと言いながらのんびりと横移動している私たちの背後では、修学旅行生たちが、「仏像なんてうぜえんだよな」とか笑い合いながらさっさと通り過ぎていく。

いやいや、若いというのは罪深いことだ。君たちもここで青竹踏みをしながらゆっくりと仏と向き合ってみなされ。この仏たちがまだ出来立てほやほやの金ピカだったころを思い浮かべてみるのだ。お堂の障子を開ければ、仏たちが発する金の光が庭の白砂に映ったことであろう。金ピカの物などまわりにそうはなかったであろう当時の人々は、きっとそれだけで極楽を感じたはずだ。今、土踏まずへの刺激によって蓮《はす》の花が咲き乱れる幻覚を見ている私たちのように、な。君たちに必要なのは青竹踏みだ。どうだ、私たちの隣で共にレッツ・プレイ！

つまりは男子高校生をナンパしたかったのだが、彼らは青竹を踏みながらヨチヨチと横歩きしている女などには目もくれない。ちぇっ、とばかりに、信心深く祈っているお婆《ばあ》さんの隣で手を合わせる。この煩悩《ぼんのう》を少しは減らせますように。でも願わくば旅先で素敵な出会いがありますように。仏たちはそんな諸々《もろもろ》の思惑を越えたところにあって、ただ静かに並んでいる。

お堂から出ると、途端に喧噪《けんそう》が戻ってくるから不思議だ。たとえどんなに修学旅行生で満ちていようと、お堂の中はどこかに根元的な静けさが残っている。それが仏パワーというものなのかしら、と思っているとビキビキッと膝《ひざ》のあたりに痛みが。ぜんちゃんとナッキーも「腿《もも》の裏の筋が痛い」と言い出す。青竹踏みをしすぎたのだ（なにしろお堂の長さは百二十メートルもある）！　ううむ、これは仏罰か。

今度は清水寺に向かう私たちだ。バチが当たって痛む足に清水の坂はきつかったが、いつ来ても清水寺は絶景である。紅葉する山々と京都の市街地が見渡せるため、またも林家夫妻となって写真を撮りまくるぜんちゃんとナッキー。高層ビルに慣れた現代の私たちにとっても、この高さは今も充分なカタルシスになる。

そろそろ夕闇《ゆうやみ》も迫ってきて、ぜんちゃんとナッキーは新幹線に乗って帰らなければならない。せっかく来たのに日帰りというのももったいないから、私はもう一泊していくことにした。清水の坂の下にある町家風の小さな旅館を見つけ、飛び込みで一室確保する。気のいい宿のおじさんは、すぐに部屋を見せてくれて、料金をオマケしてくれたうえに(激安)、部屋の鍵《かぎ》を預けてくれた。

「今日は清水さんのライトアップがあるから、夜に見てくるといいですよ」(私はうまく表現できないので、各自京都弁に翻訳してください)とのことだ。夜に一人で宿に籠《こ》もっているのもつまらない。ちょうどいい時に来たなと思いつつ、ぜんちゃんとナッキーを見送るために京都駅まで行き(新幹線の時間ギリギリになってしまい、京都の街を猛然と走った私たちであった)、一人で適当に夕飯を食べた。

さて、まだ夜の寺を見に行くには早かろう。私は四条通りを練り歩き、目についた本屋に入っては漫画を物色した。行きつけの本屋以外の所に行くと、陳列が違うから今まで見逃していた漫画を発見しやすい。おっ、これは面白そう。あら、これ新刊出てたんだ、などとほうぼうの本屋で漫画チェック。だが旅先で荷物を増やす愚を大阪で学んでいたので、脳裏にインプットしておいて地元で買うことにした。その間にも、ちょうど発売されたばかりの自分の本が、店のどこに置かれているかを観察。京都ジュ○ク堂では隅の方に積まれていたので、さっさと目立つ所に勝手に置き換える。

そうこうするうちに時間もちょうどよくなったので、ライトアップされているという清水寺に戻る。バスで清水寺に近づくにつれ、寺から発されているサーチライトが見え始める。ガソリンスタンドとかでよくやっている、夜空に向けてかなり強い白い光を投げかけるあれだ。なかなか大々的だな、と思いながら寺に向けて坂を上っているうちに、嫌なことに気がついた。

まわりがアベック（死語）ばかりなのだ。なんとうかつ！　考えてみれば、ライトアップされた夜の寺に来るのなんてカップルばかりに決まっているではないか。しかしここで怖《お》じ気《け》づいて引き下がっては私の負けになる。ズバンと拝観料を（またしても）払い、私はいちゃつくカップルたちと共に夜の寺に入っていった。

結論から言うと、いやあ、行ってよかった。遠くに見える市街地の夜景、しんと冷えた空気の中にぼんやりと照らし出されて浮かび上がるお寺。カップルならずともロマンティックな気分になろうというものだ。「はあー、こりゃ綺《き》麗《れい》だねえ」と独り言をつぶやきながら夜の寺を歩き回る。しかし一人で来ているのなんて、本当に私ぐらいのものだ。OH！ なんてこと！ まわりのカップルの密着度はすごいことになっていて、なにやら囁《ささや》きながら夜景に見入っている。

一人で来ている男はいないのか。いたら今なら即座に逆ナンするぜ、と思って見回してみても、一人で来ている男なんて写真が趣味らしきじいさんだけだ。熱心にアングルを決めて（もちろん三脚持参）夜のお堂を撮影している。なんか忙しそうだし、いくらなんでもじいさんではなあ、と渋々逆ナンを諦《あきら》める。

ふと見ると、昼には気づかなかった門が開いている。こっちはなんだろう、あまり人もいなさそうだが、と私はそちらに足を向けた。まばゆいカップルたちから少し離れたかったということもある。門をくぐって暗い石段を下りはじめた私に、闇の中から声をかける若者が一人。

「あの～、見学ですか？」

よっしゃ！　ナンパか？　俗に夜目遠目と言うが、夜で良かった。仏様ありがとう！　見ればなかなかかっこいい感じの若者ではないか。うしし。（この間0・5秒）

「もうすぐ庭を閉めちゃうんで、お早めに……」

は？　庭？　よく見ると若者は誘導の係員のハッピを着ている。そうよね、ナンパなわけないわよね。あまりにもガツガツしていた自分を恥じつつ、「庭ってなんですか？」と間抜けな質問をかます私。若者は、「庭を見に来たんじゃないのに、なんでこんなところでフラフラしてるんだ？」とちょっと困惑した様子だったが、「今しか公開していない『月の庭』っていうのがこの先にあるんです。まだ入れるかどうか、ちょっと聞いてきます」と親切にも責任者に聞きに行ってくれた。

そこまで言われて引き返すわけにもいかない。「まだ大丈夫です～。はやくはやく～」とぶんぶん手招きする若者に礼を言い、私は庭の見える建物に入った。その入り口でまたしても見学料を取られる。ぎゃふん。この日だけで二千円弱の金を清水寺に支払った計算になるが、仏はその事実をちゃんと見てくれているだろうか。

「月の庭」はさすがに普段は秘《かく》されているだけあって、小さいながらも素晴らしい庭であった。庭は小さいのだが、正面の山の中腹に火を入れられた石灯籠《どうろう》があって、あたかもそこまでが広々とした庭であるかのような効果を醸《かも》し出している。

「これが『借景』というものです」とは案内役のおじさんの弁。なるほど、噂《うわさ》には聞いていた庭造りの技法だが、自分で実感したのは初めてだ。これは結構、家でも応用できるのではなかろうか。夜のうちにこっそりと隣の家の物干し台に自分の洗濯物を干しておき、朝になって隣家に翻《ひるがえ》る己れのパンツを見て、「うちも広くなったものよ」と感慨にふける。ダメかな。ダメだな。

ちなみに「月の庭」からは空の月は見えない角度になっていて、庭の池に映る月を見る趣向だそうです。なんとも風流ですなあ。こんな所で池の月を見ながら酒を飲んだらどんなにおいしいだろう。誰を逆ナンすることも、誰にナンパされることもなかったけれど、深く満足して私は夜の清水寺を後にした。

宿の部屋は六畳で、「おばあちゃんの居間」といった感じの造り。私はさっそく卓袱台《ちゃぶだい》を隅に寄せ、布団《ふとん》を敷いた。まるで自分の部屋のようにリラックスして、お茶を飲みながらテレビの洋画劇場を鑑賞。四条で買っておいた甘栗《あまぐり》をバリバリ食べることも忘れない。用意されていた綿入れを羽織り、背中を丸めて甘栗の皮を剝《む》いているなんて、本当におばあさんみたいだ。やはり旅はいいなあ、などと、観光しつつも雑念だらけだったくせにしみじみ思ってみたりした。

翌日は比叡山《ひえいざん》に行こうと思っていたのだが、「あそこはもう冬で人もいなくて寂しいからやめたほうがいい」という宿の奥さん（美人）のアドバイスに従い、三年坂を歩くことにした。ベタベタの観光ルートだが、なかなか楽しかった。奥さんに教えてもらった数々のおいしい甘味屋で、どれだけの甘い物を摂取したかということについてはあまり考えたくない。その日はご飯も食べずにあんみつやらパフェやらわらび餅《もち》やらくずきりやら団子やら（その他諸々やら）を体内に詰め込んでいたものさ。

前日の成果を確認しに再びジュ〇ク堂を訪れると、本が元通り隅っこに戻されていた、ということをつけ加えておく。あなどりがたし、京都ジュ〇ク堂の店員の勤勉さよ！

暴れ唐獅子《からじし》の咆哮《ほうこう》を聞け

最近、中森明菜ばかり聴いている。朝起きた時からエンドレスで中森明菜。うーん、ちょっと背筋が凍りそう。なんちゅうか、明菜ちゃんの歌には「発露されない恨み」があるんじゃのう。なんたって、ピストルを真似《まね》た手を心の中のコートに隠して涙をのんでいるんですよ！　こ、こわ〜。い、い、手でピストルを真似る、のがこわい。しかもそれを心の中のコートに隠すのがこわい。ということは、手でピストルを真似たのも心の中の出来事で、じっさいの手はぶらんと垂れ下がったままなのか？　と考えると怖さも二乗。それぐらいなら、交番のおまわりさんから強奪した拳銃《けんじゅう》を乱射しながら、「なんで私を捨てたの！」と泣きながら追いかけてこられたほうがまだいいや、と思えるほどの奥ゆかしさ。明菜ちゃんの溜《た》めに溜められて決して表出されない情念の前では、中島みゆきの恨み節のほうが健全に聞こえてくるほどだ。

でもどうしてかやみつきになって、ぞくぞくしながら聴いてしまうんだなあ。だってやっぱりすごくうまいんですもの。さすが明菜ちゃんだ。歌番組が華やかなりしころ、私は明菜ちゃんの歌い方があまり好きではなかった。明らかに他のアイドルと唱法が違ったからだ。「なんかボソボソ歌ってて、しかしサビでは突然声がのびるのが怖くていやだ」と思った。でもそれは私が子どもだったのだ。いま聴くと、明菜ちゃんが深く曲を理解して歌っていることがわかる。いろんな作詞家や作曲家が、「自分の作った歌をぜひ彼女に歌ってほしい」と思っていることだろう。そういう気分にさせる声と表現力を彼女は持っている。

「この人にこういうことをしてほしい」とか、「この人がこんなことをしている姿が見たい」とか思わせる芸能人というのがいる。いつも恋愛ドラマに出ている役者を見て、「この人は時代劇で素浪人役をやったら絶対映える」と思ったり、テレビで大活躍のお笑い芸人を見て、「テレビではこんなに明るいが、この人のふだんの生活がどうなのかぜひ知りたい」と思ったりといった、こみあげてくる欲求というものがある。人の想像力（創造力）を刺激する魅力。それが、いわゆる「華がある」ということではないかと思うのだ。

もちろん、誰に対して欲求をかきたてられるかは人それぞれだろう。

布袋寅泰《ほていともやす》の部屋の内装を見たい、と言った人もいた。藤井隆《たかし》の日常を垣間見《かいまみ》たい、と言った人もいた。この例じゃ創造力とは関係なくて、ただの覗《のぞ》き趣味みたいだが、その汚名にもあえて甘んじよう。甘んじることによってこの欲求が果たされる日が来るのなら、いくら「キャー！　覗きよ！」と悲鳴を上げられ石を投げられても耐える覚悟である。

ずばり言おう。私の欲求。それは、「高倉健の日常を知りたい！」ということだ。

健さん……。そうつぶやくだけで私のハートは甘くとろける。私は広末涼子がきらいだ。なぜって、『鉄道員《ぽっぽや》』で健さんと共演したからだ。ちきしょー、ヒロスエー！　うらやましすぎるぞー！　あんたなんか、あんたなんか、健さんの背中に刻まれた唐獅子牡丹《からじしぼたん》を見たこともないくせにー！　ただの醜い嫉妬《しっと》である。

健さんについての微々たる情報が漏れてくる。乗っていたベンツが盗まれ香港《ホンコン》に売り飛ばされたとか、自分がしているロレックスの腕時計をサッと外して共演者にプレゼントしてくれるとか、嘘《うそ》かホントかわからない情報だ。そのたびに私は翻弄《ほんろう》される。ああ、私も健さんの温《ぬく》もりの残る時計をそっと腕に巻いてみたい（もうこの際ロレックスじゃなくても可）。私だって健さんに盗まれて香港に売り飛ばされたい！（話が微妙に違ってきている）

しかし身もだえせんばかりに募る私の欲求とは裏腹に、健さんの私生活は霧に包まれたままだ。彼はどんな家に暮らし、毎日何を食べているのか。どんな生活習慣があり、その……下着はどんななのかしら。満たされない欲求に焦《じ》れて、私の想像は徐々に、微細な部分にまで及んでいく。

たぶん健さんは日本家屋に住んでいる。縁側があって障子があって畳がある。でも古くはない家だ。まだ木の香りが漂っているような。外から（私のような人間に）覗かれないように、高い塀がまわりを囲んでいて、つつましい庭もある。庭師が置いていった石が適当に置かれて苔《こけ》むしている。庭木は松とツツジと桜だ。でも健さんはあまり植物には興味がない。

桜の時期に縁側にひらひらと舞い落ちる花びらを見て、健さんは「春だな」と思う。「庭に桜があったんだな」と。やや殺風景な庭にツツジが血の色のような花を咲かせると、健さんは「あの花をちゅーちゅー吸うと甘かったはずだ」と、子どものころに花をむしって吸ったことを思い出す。「でも大の男はちゅーちゅー花を吸ったりしないもんだ」。健さんはちょっと苦笑しながら、ツツジから目をそらす。

松は健さんの視界にほとんど入ることはない。庭に少し緑が足りないかもしれない、とたまに健さんは思う。もっと青々とした葉を一年中繁《しげ》らせているような木はないだろうか。でも健さんには木の名前なんてわからない。今度庭師の人が来たら、何かいい木がないか聞いてみよう。そう思いつつ、いつもその考えは果たせないままだ。庭師が来るときにかぎって、仕事で家を空けていたり、突然の客の応対をしたりしているからだ。まああせることはない、と健さんは思う。

健さんは小鳥のさえずりと共に、朝は四時頃に目を覚ます。もちろん畳の部屋に布団を敷き、両手は腹の上に軽く置いて仰向《あおむ》けで寝る。夜、床についた時とまったく同じ姿勢のまま目覚める。たまに、寝間着にしている一重《ひとえ》の裾《すそ》がわずかに乱れていることがある。そういうとき健さんは、むっくりと身を起こしてしばらく考える。なにか心に引っかかっている事柄はあるだろうか。だれかを憎んだり、必要以上に愛してしまったりはしていないだろうか。五分ほどかけて自分の心を検証してから、健さんは起き出す。敷布の足もとの方で、布団はきっちりと二つに折られた形になる。

手ぬぐいを片手に庭に出て、一重の上半身を諸肌脱《もろはだぬ》ぎにして乾布摩擦をする。冬など、まだあたりが暗い時間だ。白々と明けようとしている空を予感しながら、健さんは布を動かす。薄闇《うすやみ》に健さんの肌をこする布の音だけがシュッシュッと響く。

体がぬくもってくると、健さんはおもむろに木刀を手に取る。素振りは五百回と決めてある。ぶんぶんと切っ先を唸《うな》らせる。やがて無心になる。空が明け切るころ、健さんは素振りを終える。いつのまにか縁側に、青年が端座している。健さんの身の回りの世話をしてくれている青年だ。三年ほど前、雨の降る夜に街でボコボコに殴られているところを健さんが助けた。それ以来よくなついてきて、いつのまにか健さんの家に住み込むようになった。彼の他にもう一人、運転手兼付き人のようなことをしてくれている青年が近所のアパートに住んでいる。慕ってくれるのは嬉《うれ》しいが、なにかやりたいことが見つかったら遠慮しなくていいんだぞ、と健さんはいつも言う。その時は俺もできるかぎりの手助けをするつもりでいるんだから、と。

青年は折り目正しく「おはようございます」と挨拶《あいさつ》する。「おはよう」と健さんは言って、縁側から部屋に上がる。肌に浮いた汗を乾布摩擦に使った手ぬぐいで拭《ふ》き、一重をもとどおりきっちりと着直す。部屋の布団は青年によってすでに片づけられている。健さんは床の間に置いてあった灰皿（ガラスでできた重厚なもの。寝ているときに悪漢が侵入してきたら、これで殴り倒す所存）と煙草《たばこ》（ラーク）を取って、畳の上に正座した。煙草を一本、箱から振り出し口にくわえる。間髪を入れず、かたわらに控えていた青年が作務衣《さむえ》の懐《ふところ》からジッポを出して健さんの煙草に火をつける。「ありがとう」と健さんは言う。健さんの煙草は、たいがい健さんがライターを取り出すよりも早く、そばにいる人間が当たり前のようにつけてくれる。それでも健さんは感謝の言葉を忘れない。

「まだそのライターを使ってるんだな」

「気に入ってるんです」

と青年はうつむきがちに言う。そのジッポは、じゅうぶんすぎるほど給料をもらっているのに、このうえボーナスまでもらえない、と固辞した青年に、健さんが買ったものだった。じゃあ、おまえが好きな物を買いにいこう。そう言って健さんは自分で運転して、青年を乗せたベンツを渋谷に走らせた。ロフトは健さんにはひどく不似合いの場所に思えたが、そこはさすが健さん。静かな威厳でロフトすらも健さん色に染め上げた。その場に居合わせた若者たちはみな一様に、「昭和残侠伝《ざんきょうでん》」のテーマ曲が聞こえた、と後に証言する。

青年はこそばゆい感覚を味わいながら、ケースの中のジッポの一つを指した。健さんは少し笑ってうなずく。「こんなものでいいのか」と思っただろうが、健さんは何も言わなかった。オイルや石といった一式を一緒に買い求め、丁寧に包装されたものを「いつもありがとう」と言ってその場で青年に渡した。支払いはもちろん現金だ。健さんはカードを持たない。

「お風呂《ふろ》、わいてます」

と顔をあげた青年が言った。

あの〜。この調子であと軽く二百枚は「健さんの一日」を書けそうなんですが、このへんでやめておきますね。この後、健さんの家の風呂場の描写、入浴方法、下着などがいよいよ登場。それから朝食。メニュー、健さんはいつも何から箸《はし》をつけ、どんな食べ方をするのか。料理に対する感想はやはり「うまい」と一言だけなのか、などなど気になるあんなことやこんなことを紹介。それからその日は雑誌の取材が入っていたので昼前に外出。健さんの外出着への着替えも見どころ。

まあキリがないんだけど、とにかく私は健さんの日常に関しては「これでもかこれでもか」と飽きずに妄想しつづけられます。もちろんBGMは中森明菜。この二人は「ためる、耐える」というところに共通の要素があるのか、妄想も順調にむくむくと育つんです。モーツァルトを聴いて育った観葉植物も真っ青の成育ぶりを見せる「健さん妄想」。健さーん！　あなたこそが私の中で燦然《さんぜん》と輝くスタァなのだ！

どうだヒロスエ。俺さまの中島みゆきもたじろぐ情念を思い知ったか。そんななむなしい宣戦布告をしてみたり。

次元五右衛門《じげんごえもん》チェックシート発動

明けました。

正月を迎えるのもホニャララ回目になると新鮮味もなにもないもんだ。でもこれからあと七十回ぐらいしか正月を迎えられないと考えると、ちょっとさみしくもある（一体いくつまで生きる気なんだ、私……）。

そんな怠惰と寂寥感《せきりょうかん》の入り交じる年末年始を、みなさんはどのように過ごしましたか？

私はもちろん、年末はキムタクの忠臣蔵を見ましたぞ。あ、「もちろん」は「キムタク」じゃなくて「忠臣蔵」にかかっているんですよ、念のため。

キムタクの忠臣蔵は、オーソドックスな忠臣蔵でまあ満足。吉良《きら》殿が津川雅彦《まさひこ》で大満足。しかしなんで、忠臣蔵をやっていると必ず見てしまうのだろうか。おかげさまで画面の外から、赤穂《あこう》浪士たちに熱きアドバイスを飛ばしてしまいました。

「吉良殿の秘密通路の入り口は寝室の掛け軸の裏よ！」（だが今回のドラマでは掛け軸がなかった……やや不満。そんな大筋に関係ない部分で不満を感じるのもどうかと思うが）

「吉良殿は炭小屋にひそんでいるわよ！　炭小屋を探して！」

などなど。

だが、吉良殿を探し当てるのまでが堀部安兵衛《やすべえ》（キムタク）というのはどんなもんじゃろ。活躍しすぎじゃないか、キムタク！　本当は炭小屋にひそんでいた吉良殿を探し当てたのは、間十次郎《はざま》と武林唯七《たけばやしただしち》だったはず。ちょっと手柄を独り占めしすぎだ、キムタク！　私の送った「吉良殿は炭小屋」という念波が強すぎたのかしら。それをキムタクががっちりキャッチして、堀部安兵衛が吉良殿を発見するという展開になってしまったのかのう。

それにしてもキムタクは武士の格好が似合わない。浪人の時の格好はまだ違和感がないが、月代《さかやき》を剃《そ》って髷《まげ》を結った髪型がかなり似合わない。そう言ったら、「死国」のYちゃんが、

「ていうか、キムタクって似合う髪型あるん？」

と爆弾発言。あわわわ。全国のキムタクファンのみなさん、ごめんなさい。そんなこと言いつつも、私たちは武道館近くのホテルで「忠臣蔵ごっこ」に興じました。「生きろ、軍兵衛」「ホリの漬けた大根を所望したい」などなど、キムタクの演じた堀部安兵衛を魂を込めて真似《まね》る私たち。アホですか？　アホですね。

なにゆえ年末に武道館近くのホテルに宿泊したのか。それはもちろん、バクチク武道館ライブがあったからさ。イエイ（むなしい）。

千鳥《ちどり》ヶ淵《ふち》はいい月夜。はたして武道館がいっぱいになるのか？　と危惧《きぐ》していた私たちだったが、おみそれしやした。満員でした。Yちゃんと私はすっかりバクチクライブを堪能《たんのう》した。これまで何十回とバクチクのライブに行っているが、その夜は演奏も選曲も構成も三本の指に入るぐらいの良い出来だった。

それで私たちは充実した心と空腹を抱え、終演後にふらふらと神楽坂《かぐらざか》に繰り出したのだ。それからちょっと小粋《こいき》かつお手頃なバーで深夜の二時まで爆裂トーク。その間に消費した酒量は……あぁあ。「このお酒、海の味がするよー。あはあは」と酔っぱらい丸出しでぐびぐび飲んではバクチク談義。不毛という言葉がなぜか愛《いと》しく感じられる冬の夜。

ホテルに戻ってからも(もちろん酒は買い込んだ)、延々と話は続く。前述のようにキムタクの真似もしたが、やがて議題はお定まりのように、「好みのタイプ」についてとなった。ところがどっこい、「好み」と言っても、現実にいる人間が議論の対象にならないのが私たちの怖いところ。

身近にいる人じゃなくても、せめてキムタクとか窪塚《くぼづか》くんとかの名を挙げればいいのに、私たちはまず、『ルパン三世』の次元と五右衛門、どっちが好みか」ということで大激論。

「ルパンを太陽と考えるとさあ」

とYちゃん。その「ルパンを太陽」とする前提自体が謎《なぞ》だが、アルコールびたしの私たちの脳にはすんなりと受け入れられる。

「私は断然、五右衛門なんよ。寡黙《かもく》で、天然でしょう。要領が悪いようにみえて、実は天然ボケの強みで飄々《ひょうひょう》と物事をこなす天才肌でもある。そして押しかけ女房タイプに弱い。好みなんよー」

「いや、やっぱり次元が素敵だと思うよ」

と私。「いっつもルパンと行動を共にしているけど、ルパンに対するアンビバレンツな感情がある。女あしらいがうまい社交家かと思いきや、実は鬱屈《うつくつ》した性格。たまらんのぅ」

お互いに思う存分、次元と五右衛門の魅力を語り合う。そして私たちは、自分たちの男の趣味が全然一致しないことに気がついた。

「これは……男を取り合うという事態が発生しないという点で、理想的な友人関係じゃないの、私たち」

「でも、こうまで趣味が違う人と友人でいるというのもなんか変だわ」（べつに変じゃないが、酔っぱらっているのでそう思ったらしい）

「じゃあこの際、とことんまでお互いの『好みのタイプ』について検証してみようじゃないの」

「おう。やってみよう」

そういうわけで、私たちはそれぞれのベッドにごろりと横たわり、酒を飲みながら思いつくままに好みのタイプを挙げていった。

「じゃあねえ、『キャプテン翼』（高橋陽一）だったら誰？　私は小次郎」

「私は若島津やね。『キン肉マン』（ゆでたまご）だったら？　私はジェロニモかウォーズマン」

「ジェ、ジェロニモ!?　キン肉マンで好きなキャラがジェロニモっていう人、初めて聞いたよ」

「なんで？　いいやん、ジェロニモ！　しをんは誰よ」

「うーん……ブロッケンJr.」

「それも充分おかしなシュミやん」

「いや、ブロッケンを好きな人はけっこういたってば。じゃあじゃあ、『聖闘士《セイント》星矢』（車田正美）だったら？　私は一輝《いっき》」

「それはぜったいにおかしい。私は紫龍《しりゅう》だもん。五右衛門と同じで無口でかっこええもん」

少年漫画のキャラクターの中から好みのタイプを挙げているあたりで、すでにじゅうぶんおかしいことに気づいていない。私たちは躍起になって、色々なタイプの男が複数出てくる漫画を思い出そうとした。

「あっ、Yちゃん、『スラムダンク』だったら誰？」

「流川《るかわ》（↑寡黙だからか？）」

「私は三井だ（↑鬱屈してた過去があるからか？）。いやはや、確かに好きなキャラが全然重ならないねえ」

「これでますます、私らの間に男をめぐる諍《いさか》いは起こらんっていうことが判明したね」

「いやあ、まずは諍いの元になるべき男の人がいないけどね、あはは」

Yちゃんがガッとベッドの上に身を起こす。

「『ドラゴンボール』(鳥山明)だったら誰?」

「(Yちゃんの勢いに押されつつ)べ、ベジータ」

「私はヤムチャ。ほーら、やっぱり趣味が重ならない」

Yちゃんはまたバフッとベッドに沈む。なんだか、だんだん何をやっているのかよくわからなくなってきた。

「それにしてもYちゃん、集英社の少年漫画ばっかりだよ。少女漫画でもなんかいい例はないかなあ」

「少女漫画だと、ヒロインを囲む男の中の誰か一人が飛び抜けてかっこいいんよ。作者の愛を一心に受けるいい男がいるやろ。そうするとどうしても読者もその男に心が傾くから、『好みのタイプ』があまり分散しないと思うんよねー」

「なるほど、そうかもね。あ、そうだ。『摩利と新吾』(木原敏江《としえ》・白泉社)はどう? 摩利をルパンみたいに太陽だと考えると、Yちゃんは誰が好き?」

「夢殿先輩」

「ぷくく。確かに押しかけ女房に弱そう。私は茶道をやってる髪の長い先輩」

「あー、彼は鬱屈しとるわ。ねえ、『CIPHER《サイファ》』（成田《なりた》美名子・白泉社）だったら双子のどっち？」

「シヴァ」

「サイファ」

私たちは満足してうなずきあった。

「見事に好みのタイプが違うようね」

「これは好みのタイプを判別するためのチェックシートとして活用できるんやない？」

「うむ。『次元五右衛門チェックシート』と命名しよう」

後日、私たちが一晩かけて作成した『次元五右衛門チェックシート』を元に、他の友人たちにも質問してみた。すると、次元が好きな人と五右衛門が好きな人では、やはり他の漫画や小説などにおいても、すっぱりと好みのキャラが分かれるという結果が出た。かなり精度の高いチェックシートができたと自負する次第である。ぜひ、自分が好きな人をめぐって友人と争ったりしないかどうか、事前にチェックしていただきたい。

（右で挙げた漫画のキャラクターのうち、私と同じような趣味だった人は次元タイプ。Yちゃんと同じような趣味だった人は五右衛門タイプだよ。「私も次元タイプで、友人も次元タイプだったわ」という方は、好きな人ができてもその友人には秘密にしておこう。間違って「私の彼氏よ」なんて紹介なんかしちゃった日には、大変な修羅場が展開されるかもしれないゾ）

こうして、男（二次元世界だけど……）の趣味はまったく合わないが、良き友であることを確認した私たちは、表が完全に朝になったころようやく意識を手放した。私たちの最後の会話が、

「も……もっとなにかいい例はないかしら……」すぴー（寝息）

「チェックシートに有効な漫画は……」すぴー（寝息）

だったことをお伝えしておく。

私たちの屍《しかばね》の上に、女同士の友情の美しき花の咲かんことを願って……ガクッ。

フランス……ばん……ざ、い……ガクッ。

あ、Yちゃんはベルばらだったら誰が好きなのかなあ。今度聞いてみよう。やはり、「少女漫画のキャラでは好みが分散しない」という法則にのっとって、

乙女はみんなアンドレが好きなのかしら。なんかYちゃんは意表を突いて、「ジェローデル少佐」とか言いそうだけれど。

私が名付けたということは断じてありません！（涙目）
～あとがきという名の言い訳～

この本のタイトルは、本当ならば「人生劇場」になるはずだった。「人生劇場」は、担当してくださった新潮社の神原幸子さんが考えてくれた素晴らしきタイトルである。カチッとしつつ、どこかおかしみのある言葉が好きな私は、一も二もなく、「人生劇場か～。いいッスね！」と、その案に飛びついたのだ。神原さんはいつも噴飯《ふんぱん》もののメールを送信してくれる。特に、スズキムネオ研究には一家言あり、私たちはもうほとんどムネオにラブなのか、っていうぐらい、彼について語り合った。高校時代にムネオと同級生だった番長まで登場する、栄光と挫折《ざせつ》のストーリーを捏造《ねつぞう》してしまったほどだ（「俺はおまえを裏社会から支える。だからムネオ、おまえは総理の椅子《いす》を目指して光の道を行け……！」というような、どっかで見たような物語。ていうか、『サンクチュアリ』（池上遼一《りょういち》・史村翔《ふみむらしょう》・小学館）そのままである）。

こうして、神原さんと単行本担当の田中範央さん（いつも的確なフォロー）のご尽力により、「人生劇場」は本として着々とできあがりつつあったのだ。ところがそこに、編集部の偉い人、加藤新（いきなり呼び捨て）の思わぬ横槍《よこやり》が……！

「いやあ、『人生劇場』ってとっつきが悪いですよ。ここはストレートに、『しをんのしおり』でいきましょうや」

なにー！　「人生劇場」っていいタイトルじゃないか。どうしてそれがわかんないのだ！　私たちは必死に、権力に抵抗しようとした。「人生劇場」というタイトルを了承してもらうため、パルチザンのごとく勇猛に徹底抗戦した。以下、血みどろの抗争の記録。

「でもねえ、『しをんのしおり』ってちょっとヌルくないですか？（「しおり」の名付け親であるボイルドエッグズの村上達朗さん、すみません。いつもありがとうございます）」

「いいじゃないですか、かわいくて」

「しかし、本のタイトルに自分の名前を持ってくるって、非常にあつかましくて私は嫌なんですが」

「そんなことないですよ。ここらでそのあつかましい恥をガツッとかいとくべきですよ！」

さすが権力の座に上りつめただけあって、加藤氏（ネクタイはエルメス）は熱のある説得をかましてくる。「あとがきに、加藤が無理やり『しをんのしおり』にタイトルを変えさせた、って書いていいですから！」

え、加藤さんに責任転嫁《てんか》できるのか……とちょっと揺れ動く乙女心を見透かしたように、とどめの一言。

「それにね、『人生劇場』よりも『しをんのしおり』にしたほうが売れますよ、きっと」

「……わかりました。タイトルは『しをんのしおり』にします」

すまぬ、同志神原、同志田中よ！　私は権力の前に簡単に屈しました。売れ行きをちらつかされて、いともあっさりと転向しました。「売れたら新しい鞄《かばん》をようやく買えるかも。なんたって今は、スーパーのビニール袋を鞄がわりにしているくらいだもんな……」などと、金に目がくらんじゃったんです。弱い俺の心、海に流れて魚に食われるといい！

しかし、なおも醜く最後の抵抗を試みる私。

「あの〜、やっぱり気になるんですけど、本のタイトルに自分の名前をつけるのって、つまりは『ムネオハウス』と同じことなんでは？」

加藤さんのみならず、同席していた神原さん、田中さんまでもが一斉に否定しだす。

「それは違いますよ！　ムネオの場合は、頼みもしないのに周囲の人が勝手に『ムネオハウス』と名付けた、って言い張ってるんですから！……あれ？」

気まずい沈黙が流れた。やっぱり……やっぱり私のしていることはムネオと同じなんじゃないの！　ああ、なんてこと！

後日、証人喚問で必死になって弁明している脂《あぶら》のそげ落ちたムネオの姿を見て、「あすは我が身……」と私はぶるぶる震えたのでした。

こういう事情があるので、どうかお読みになるさいには、「しをんのしおり」という文字を見たら、「人生劇場」と脳内で自動変換してください。一個もおんなじ字がなくてかなり難しいかとは思いますが……。精神力をアップさせるためにも最適な一冊。金と権力に惑わされない強い心を育《はぐく》むべく、私も精神統一して自動変換に励む所存です。

転向したへなちょこな私をその後も見捨てずに、神原さんと田中さんは支えつづけて下さいました。どうもありがとうございました。

去年の一時期、身辺きわめて多忙になり、古本屋さんのアルバイトをやめました。温かく楽しい職場のみなさんに、深く感謝いたします。あんちゃん、ニイニイはじめ、アルバイト先の方々とは、その後も「ま○だらけ」に行ったり（行ってばっかりだ……）、飲み会に声をかけていただいたり（飲んでばっかりだ……）と遊んでもらっており、本当に出会いに恵まれたなあとつくづく感じています。

いつも勝手に登場させられている友人たち、家族がいなければ、このエッセイは成り立たないわけで、降って湧《わ》いた災難で申し訳ないですが、これからもよろしくお願いします。

起伏のない日常の中にこそ、面白いことやヘンなこと、怒りが炸裂《さくれつ》するようなことがあるのだ、という信念のもと、日々の生活ぶりを綴《つづ》ってまいりました。「信念」なんて格好いいこと言いましたが、ただ単に出不精で、身の回りの半径二メートルぐらいのことしか把握できていないだけだったりして……。虚勢を張ることムネオの如《ごと》し、です。あわわ、名誉毀損《きそん》で訴えられたらどうしよう。

それにしても、政治ネタはむずかしいです。真紀子大臣も、もう大臣じゃなくなっちゃったし。ここに書いた「ムネオハウス」とかも、三年もすれば注釈なしには、「なんのことやら」になってしまうのでしょう。そういう意味で、二〇〇一〜〇二年にかけての、日本の政局を活写した貴重なエッセイだと言えよう。書評風に自己を正当化してみました。


あら、もうページがない。言い訳に紙幅を費やしすぎたか……。

最後になりましたが、読んで下さったみなさまにお礼申し上げます。少しでも楽しんでいただければ幸いです。

どうもありがとうございました。

二〇〇二年四月

三浦しをん

〔番外篇〕
愛を愛とも知らないままに

ノルマというのは何語であろうか。

辞書を引いたらロシア語であった。労働者の国の言葉だ。シベリア抑留者が日本に伝えた、と書いてある。そのように歴史の波に揉《も》まれオホーツク海の荒波をも乗り越えて伝わった言葉を、私は今日も使う。ノルマが終わらない、と。だいたい私は「ノルマ」という言葉を調べるために辞書を引いている場合であろうか。まだ今日は数学の問題集を八ページと、古文を六ページ、漢字の書き取りを二十個に英単語を十五個覚え、英語長文一題を終わらせねばならぬというのに。しかも憂《うれ》うべきことに、「今日」はもうあと残すところ二時間である。そうなると、明日に繰り越さねばならない分が確実に生まれるだろう。

生きるというのは、「明日にしわ寄せをすること」なのだと、私は最近思うようになった。しわ寄せはどんどん明日に押し寄せていって、ついにはオホーツク海の荒波よりも大きな波になり、ある日、私の死とともに凪《な》ぐ。その海底にはやり残した問題集がマリアナ海溝を埋め立てる勢いで沈んでいることだろう。

予備校の教室。座席は指定されていないのに、みんななんとなく、自分の座る位置を決めている。だいたい同じ顔ぶれが、だいたい同じような場所に座る。私はあえて、毎回なるべく違う席に座る。昨日は壁ぎわの最後列。今日は窓ぎわの真ん中あたり。明日は教壇の正面。この腰の据わらなさが私の集中力を削《そ》ぐ原因であろうか。私の耳はちっとも授業を受信しない。かといって、筆談をする相手も、携帯電話からメールを送る相手もいない。私は一人で座っている。周りの人だってみんな一人で座っている。少し顔を寄せ合ってぼそぼそと話し、笑い合っていようとも。机の上に突っ伏して並んで眠っていようとも。たくさんの教室の中で、同じ方向を向いて同じように一人で座っている。それが何重にも積み重なって、このビルができあがっている。このビルの隣には別の予備校がある。そこでも同じように、同じ方向を向いて等間隔で座った人間が何重にも積み重なっている。

上空から眺めてみると、私たちの脳天はまるで星のようでもあるだろう。同じ床に並んでいる者同士の距離感はもはや問題ではない。上の階にいるか下の階にいるかも問題ではない。ただ、みんなひしめき合って一点に凝集されていく。観測地点はここからはとても遠いので、一つ一つの星の、実際の温度や大きさや観測者からの距離などはどうでもいいことになる。ただ残されるのは、「今日は曇っていて星が見えない」とか、「あの星は輝いていてよく見える」とか、その程度の観測基準のみである。曇っていても空には星があることや、輝いてみえる星よりも、実際はもっと大きくて光っているのに、観測者からの距離が本当はうんと遠いために見えない星があることは、案外簡単に忘れ去られる。

ちょっと気障《きざ》であった。こんなことを考えているから、授業に集中できないのだ。どんなに綺麗事《きれいごと》を言ったって、親が金を払うままに唯々諾々《いいだくだく》と予備校に通っているからには、まずは大学に受かるようにすべきなのである。着実にノルマをこなして何年か勉強すれば、たいがいはどこかの大学に入れるように世の中は出来ているのだから、余計なことを考えずに問題集を解いておけばいいのである。

私にはすべてわかっている。わかってはいるのだが、それと実行できるということとは別なのだ。

予備校の窓からは、向かいにあるビルのトイレが見える。今日もその窓から、ボケッと手を突きだしている店員がいる。なんの店なのであろうか、汚いエプロンをつけている。昼前の授業の時、窓ぎわの席に座ると、たいがいあの店員がトイレの窓から手を突きだしている。たぶんあの人はこれから昼休みなのだろう。最初は窓辺で何をしているのかよくわからなかったが、何回か目撃しているうちに、どうやらトイレで洗った手を自然乾燥しているらしいと気がついた。ハンカチを持ち歩けばいいのに、窓から滴《しずく》を振り落としている。下は通行量の多い道路だが、その店員はそういうことはあまり考えていないみたいだ。

今日は弁当を持参しなかったから、昼前の授業が終わると急いでコンビニエンスストアに行った。そうしたら、自然乾燥の店員がいた。トイレにいるのを目撃したのが授業の終わる十分前。それから授業が終わり、私がコンビニエンスストアに駆け込むまで三分。この店員は、トイレが終わった後、貴重な昼休みを十三分間もいったいどこで何をしていたのだろう。このコンビニエンスストアで「週刊宝石」を立ち読みしていたのか。それとも、店の休憩室で同僚と談笑してからここに来たのか。

何をしている人間なのか、外見からはうかがい知れない。汚いエプロンをつけたままだったが、何を扱っている店なのかは、その人を近くで見ても結局わからなかった。手洗いの態度といい、食品関係ではないことを願うのみだが、エプロンには埃《ほこり》とともに食べ物の汁らしきものも付着している。爪《つめ》は短く切りそろえられ、清潔だった。服も洗濯はしてあるが気合いは入っておらず、学生なのかフリーターなのか、はたまたカルチャースクールに雇われた日本刺繡《ししゅう》の講師（三十二歳）なのか、どれであってもそれなりに納得できる風情《ふぜい》だ。

その人はまず、茶のペットボトル（まろ茶・500㎖）を買い、チョコエッグをひとしきり重さを確かめてから一つ選び、私のいる冷やっこい風に満ちた弁当コーナーの前まで来た。私はその人の動向をうかがいながら、弁当を吟味する。ノリ弁当とチャーハンとどちらが良いか。カロリーと値段を考慮に入れ、今日はチャーハンにすることにした。その人はついに私の隣に立って、カツサンドと卵サンドを手に取り、ペットボトルとチョコエッグとともに、潰《つぶ》れることも厭《いと》わずにしっかりと腕に抱えた。そして次の瞬間、私たちの手はプラスティックの容器に入ったチャーハンの上で重なりあったのであった。

それからのことはあまり思い出したくない。業種が謎《なぞ》なその人は、思わず手を引っ込めた私を一顧だにせず、チャーハンをもがっしりと右手で摑《つか》み取った。そしてさらに、後ろの棚に並んでいたワンタンスープ（ユッケジャン味）のカップを器用に口でくわえ、右手に持ったチャーハンの容器の上に乗せると、悠然とレジに歩み去っていったのだ。

いくらなんでもあの人は食べ過ぎだと思う。今こうやって、ノルマの古文の問題集を解きながら思い返してみても、カツサンドと卵サンドとチャーハンをワンタンスープ（ユッケジャン味）で喉《のど》を湿らせながら食べ、まろ茶でごちそうさま、食後のデザートはペットを組み立てながら囓《かじ》るチョコエッグ、というのは、人間の摂取すべき栄養素とカロリーを完全に無視した所業だ、と胸がもやもやしてくる。

そして何よりも悔やまれるのは、どうしてあの時、私は手を引っ込めてしまったのか、ということだ。私がこうやって、守れもしないノルマに日々汲々《きゅうきゅう》としているような人間だからだろうか。トイレで手を洗った後には、必ず取っ手に水を掛けてからでないと蛇口をしめることができないような、儀式じみた潔癖さに振り回されている人間だからだろうか。ハンカチを二枚も三枚も鞄《かばん》の底にためておく、などということを生まれてからこのかた一度もしたことのない人間だからだろうか。

なぜ、残り一個のチャーハンを、同時に手を伸ばしたにもかかわらず、話し合いでも殴り合いでもなく、いわば不戦敗で相手に譲ってしまったのだろうか。それに冷静に考えてみれば、権利は私の方にあった。だって、あの人の手は私の手の上にあったのだから。私の手の甲に触れたあの人の掌《てのひら》。トイレで洗ったのを自然乾燥させたその掌は、乾いていて、ちょっと荒れていた。そして私の体温より0・3℃ぐらい高かった。

明日の昼前の授業も、窓ぎわの席に座るべきだろうか。私は毎回違う席に座ってきた。今日、窓ぎわの席に座ったのだから、明日は窓ぎわに座るべきではない。それはわかっている。正しいことだ。しかし、それでも気がつくと私は、明日も窓ぎわに座ろう、いや座りたい、と思っている。そろそろ同じ場所に腰を落ち着け、授業に集中する気分になってきたということかもしれない。なるほどそれは良いことだ。良い傾向だ。

まずはあと一時間で今日のノルマをなんとか終わらせなければならない。終わらなかったら明日に繰り越す。わかっている。私にはちゃんとわかっている。私の心は一点に凝集していく。していくべき時なのだ。押し寄せる波のように。

南十字星の方角に引き寄せられていくすべての星々のように。

蛇足。私の働いていたビルからは予備校がよく見える。私は未《いま》だに数学の授業で当てられて、さっぱりわからずに苦吟する夢を見る。そういう日に窓から予備校の教室を眺めると、心が少し晴れる気がしたものだ。私はもう一生、さっぱりわからない授業を聞くために座っていたりしなくていいのだ。いろいろなノルマは相変わらず存在しているとしても。

このちょっと意地悪な気分、どうでもいいほど小さな優越感を、「初詣《はつもうで》の列に並んで賽銭箱《さいせんばこ》まであと五メートルの気分」と命名している。振り返ってごらんなさい。列はまだ延々と、道路まではみ出しています。ふふふ、いい気分だ。でも並んでいる人たちに焦《あせ》りの表情はない。みんな知っているのだ。列は順に進み、否《いや》も応もなくいつかは賽銭箱までたどりついてしまうことを。

面倒だからでは断じてありません！（乾き目《ドライ・アイ》）

～文庫版あとがき～

この期《ご》に及んで、まだ文庫版のあとがきもあるのだ。なかなか終わらない設計の本。起こした不祥事を忘れ、チャンスをうかがっては何度も何度も立候補する政治家のようだ。単行本が出てから三年。その間、日本の政局にいろいろと変化があったにもかかわらず、単行本についていた「まえがき」と「あとがき」がそのまま文庫にも収録されているのは、当時のにおいを残したいと思ったからである。手を入れるのが面倒くさかったからだとか、そういう理由では断じてない。ないったらない！

私の友人は、「長期政権っていいよね」と言う。いいところももちろんあるが、弊害もあるだろう、と思いつつ「そう？」と言ったら、「うん。『現代社会』の授業で、歴代内閣を覚えるときに手間が省けるじゃない」と友人は真剣な表情だ。

そんな観点から政治を考えたことなどなかった！　ていうか、あんたは歴代内閣を覚えなきゃならん立場にないじゃないか、もういい大人なんだから！　ていうか、高校時代のあんたは、真面目《まじめ》に歴代内閣を覚えるような生徒じゃなかったぞ！

どこからつっこんでいいのかわからなかったので、「……そうだね」と答えておいた。十五年にわたるつきあいがある友人と、いまさら長期政権について会話のキャッチボールをするのが面倒だったから、という理由では断じてない。

政局は日々変化するが、私の日常には全然変化がない。今回、文庫化にあたって内容を読み返していて、あまりの変わらなさにびっくりした。いまと同じことをしてるので、逆に「こんなアホなことしたっけ……？」と記憶が曖昧《あいまい》だ。毎日くりかえしていることって、なかなか覚えていられないものである。

しかし先日、それなりに瞠目《どうもく》なできごとがあった。「よく当たる」という占い師に、見てもらったのだ。

生年月日を伝えておき、直接会って結果を教えてもらうことになった。新宿アルタ前で待ち合わせたのだが（さすらいの占い師さんなので、店を持っていない）、雑踏のなかでも、「あ、あのひとの職業は占い師」と一目でわかる感じの中年女性だった。

はじめましてと挨拶《あいさつ》し、マクド〇ルドに移動して、一杯百円のコーヒーを買って席に陣取る。私はやや緊張して、結果を告げられるのを待った。

占い師さんは、広告の紙を取りだした。裏の白い部分に、なにやら記号のようなものがびっしりと書きこまれている。それを眺めながら、彼女は言った。

「うーん、結果から言うと……あなた、協調性がない！」

……え、開口一番がそれ？　そういうの、「占いの結果」って言う？　じゃあ私と同じ生年月日のひとは、みんな協調性がないのか！　それとも、私の顔を見た感じの印象で述べているのか！　どっちにしてもいやだ。

しかしまあ、協調性があるかないかと聞かれたら、「ない」寄りなのはたしかなので、おとなしく「はい」と答える。じゅうぶん協調性のある返答だと思うが、占い師さんは「そうでしょ」とうなずく。

「健康面ではねえ、あなたは頑丈。心配なし。でもボーッとしてるから、車にはねられたりしないように気をつけて」

やっぱり見た目の印象で言ってるよ、このひと！　当たってるけど。さらに託宣（？）はつづく。

「雷が鳴ってるときも、みんなが建物のなかに逃げこんでるのに、あなたは協調性のなさを発揮して、意地張って一人で木の下にいるでしょう。ダメなのよ、木の下は。雷が鳴ったら、建物のなかに入ったほうが安全なのよ」

占いのはずなのに、雷への対処方法を教えられる。なんだかもう、わけがわからない。しかし当たっている。

道を歩いていて、雷に遭ったとする。五十メートル先に大木があり、五十五メートル先に民家の軒下があるとする。そうしたら私は、迷わず大木の下に入ることを選ぶ。五メートルの距離を余分に歩くのが面倒だからだ。私の命運をわけるのは、協調性の有無のせいではなく、極度に面倒くさがりな性格のせいのような気がするが、初対面の占い師さんに、的確に行動を見抜かれているのはたしかだ。

「すごい洞察力ですね」

と言ったら、

「洞察じゃなくて、占いだから」

とたしなめられた。すみません。

「とにかく、あなたは協調性のなさで損をする宿命なの。肝心な部分を曲げる必要はないけど、上司の言うことぐらいは、『はいはい』って聞くふりをしたほうが楽よ」

「あの、上司はいないんです。自営業みたいなもんなので」

「自営業。具体的になに」

「小説やエッセイを書いてます」

「あらま。もしかして優雅な印税生活？」

「いえ、印税だけで優雅な生活はとてもできませんが……。どうでしょう、私はいずれ、優雅な生活ができるようになるんでしょうか。本がバカ売れしたりとか」

占い師さんは、紙の裏になにやらまた記号を書きなぐりはじめた。ふむふむと星回り（？）を確認してから、彼女は言った。

「満足度の高い生きかたができる、と（占いの）結果に出てる。いまの職業は、つづけてよし！　あなた協調性ないから、向いてるわよ！」

また協調性！　微妙な励ましかたである。

「バカ売れはどうですかねえ」

と食い下がってみると、占い師さんは、

「売れればいいってもんじゃないわよ」

と神妙に言った。売れないんだ……。

がっかりした気持ちが顔に表れていたのだろう。占い師さんは慰めるように、

「でも、四十五歳ぐらいからは、売り上げも少しともなってくるから」

とつけくわえた。少しかよ！　それなのにあと十五年も待てないよ！

「四十五歳までに死んじゃったら、どうしたらいいんですか」

「どうしようもないでしょ、死んじゃったら。でも大丈夫。あなた頑丈だから！」

「わかりました。ボーッとしながら道を歩いたりしないよう気をつけます」

「そうそう、その意気。雷が鳴ったら建物のなかに入ること」

協調性と雷と頑丈の周囲をひたすらめぐる占いであった。

私は、自分が書くエッセイも、この占い師さんのようでありたいなと思う。話していて楽しく、ちょっとした希望がある。「おいおいそれ、見たまんまを適当に言ってるだろ！」と、うさんくさかったりありふれていたりするのだけど、なんだかおかしくてクスッと笑ってしまう。このエッセイも、そんなふうに書けていたらいいなと願うし、そういうエッセイをこれからも書いていき

たいと思う。

ちなみに、結婚運についても聞いてみた。こっちから話題を振らないと、私の結婚については語ろうとしなかった占い師さんは、「うーん」と言った。「するかもしれないね。でも、しても一回は離婚するかもしれないね。ま、なんでもしてみればいいんじゃないの」

すっごいなげやり！　しかも、「かも」ばっかり！　そんなのだれだって、結婚するかもしれないし離婚するかもしれないだろ！

いい塩梅にいいかげんで、私はこういうひとがすごく好きだ。

読んでくださって、どうもありがとうございました。またどこかでお目にかかれることを願いつつ、乾杯！（冷蔵庫を開けたらビールしか入ってなかったので、昼間っから飲んでいる）

三浦しをん

二〇〇五年八月

この作品は二〇〇二年五月新潮社より刊行された。

梨木香歩著

裏庭

児童文学ファンタジー大賞受賞

荒れはてた洋館の、秘密の裏庭で声を聞いた――教えよう、君に。そして少女の孤独な魂は、冒険へと旅立った。自分に出会うために。

梨木香歩著

西の魔女が死んだ

学校に足が向かなくなった少女が、大好きな祖母から受けた魔女の手ほどき。何事も自分で決めるのが、魔女修行の肝心かなめで……。

梨木香歩著

からくりからくさ

祖母が暮らした古い家。糸を染め、機を織る、静かで、けれどもたしかな実感に満ちた日々。生命を支える新しい絆を心に深く伝える物語。

梨木香歩著

りかさん

持ち主と心を通わすことができる不思議な人形りかさんに導かれて、古い人形たちの遠い記憶に触れた時――。「ミケルの庭」を併録。

梨木香歩著

エンジェル エンジェル エンジェル

神様は天使になりきれない人間をゆるしてくださるのだろうか。コウコの嘆きがおばあちゃんの胸奥に眠る切ない記憶を呼び起こす。

有川浩著

レインツリーの国

きっかけは忘れられない本。そこから始まったメールの交換。好きだけど会えないと言う彼女にはささやかで重大なある秘密があった。

石井希尚著

この人と結婚していいの？

男はウルトラマン、女はシンデレラ——結婚カウンセラーが男女のすれ違いを解き明かす。実例＆対策も満載の「恋愛・結婚」鉄則集。

平山瑞穂著

忘れないと誓ったぼくがいた

世界中が忘れても、ぼくだけは絶対君を忘れない！　避けられない運命に向かって、必死にもがくふたり。切なく瑞々しい恋の物語。

豊島ミホ著

青空チェリー

ゆるしてちょうだい、だってあたし18歳。発情期なんでございます…。明るい顔して泣きそな気持ちが切ない、女の子のための短編集。

佐野洋子著

がんばりません

気が強くて才能があって自己主張が過ぎる人。あの世まで持ち込みたい恥しいことが二つ以上ある人。そんな人のための辛口エッセイ集。

佐野洋子著

ラブ・イズ・ザ・ベスト

「雨が降るとラーメンが売れる」という人。美空ひばりのために不動産屋になった男。人生いろいろあるけれど誰でも励まされる一冊。

佐野洋子著

ふつうがえらい

嘘のようなホントもあれば、嘘よりすごいホントもある。ドキッとするほど辛口で、涙がでるほど面白い、元気のでてくるエッセイ集。

谷崎潤一郎著
痴人の愛
主人公が見出し育てた美少女ナオミは、成熟するにつれて妖艶さを増し、ついに彼はその愛欲の虜となって、生活も荒廃していく……。

太宰 治著
斜陽
〝斜陽族〟という言葉を生んだ名作。没落貴族の家庭を舞台に麻薬中毒で自滅していく直治など四人の人物による滅びの交響楽を奏でる。

堀 辰雄著
風立ちぬ・美しい村
高原のサナトリウムに病を癒やす娘とその恋人の心理を描いて、時の流れのうちに人間の生死を見据えた「風立ちぬ」など中期傑作2編。

宮尾登美子著
春燈
土佐の高知で芸妓娼妓紹介業を営む家に生まれ、複雑な家庭事情のもと、多感な少女期を送る綾子。名作『櫂』に続く渾身の自伝小説。

三浦綾子著
塩狩峠
大勢の乗客の命を救うため、雪の塩狩峠で自らの命を犠牲にした若き鉄道員の愛と信仰に貫かれた生涯を描き、人間存在の意味を問う。

福永武彦著
草の花
あまりにも研ぎ澄まされた理知ゆえに、友を、恋人を失った彼——孤独な魂の愛と死を、透明な時間の中に昇華させた、青春の鎮魂歌。

宮部みゆき著
初ものがたり
鰹、白魚、柿、桜……。江戸の四季を彩る「初もの」がらみの謎また謎。さあ事件だ、われらが茂七親分――。連作時代ミステリー。

川上弘美著
おめでとう
忘れないでいよう。今のことを。今までのことを。これからのことを――ぽっかり明るくしんしん切ない、よるべない十二の恋の物語。

諸田玲子著
誰そ彼れ心中
仕掛けられた罠、思いもかけない恋の道行き。謎が謎を呼ぶサスペンスフルな展開、万感胸に迫る新感覚時代ミステリー。文庫初登場！

小池真理子著
欲望
愛した美しい青年は性的不能者だった。決してかなえられない肉欲、そして究極のエクスタシー。あまりにも切なく、凄絶な恋の物語。

平野啓一郎著
日蝕・一月物語
芥川賞受賞
崩れゆく中世世界を貫く異界の光。著者23歳の衝撃処女作と、青年詩人と運命の女の聖悲劇。文学の新時代を拓いた2編を一冊に！

宮木あや子著
花宵道中
R－18文学賞受賞
あちきら、男に夢を見させるためだけに、生きておりんす――江戸末期の新吉原、叶わぬ恋に散る遊女たちを描いた、官能純愛絵巻。

新潮文庫最新刊

吉川英治著

三国志（一）―桃園の巻―

劉備・関羽・曹操・諸葛孔明ら英傑たちの物語が今、幕を開ける！　これを読まずして「三国志」は語れない。不滅の歴史ロマン巨編。

吉川英治著

三国志（二）―群星の巻―

曹操は反董卓連合軍を旗揚げ。同じく董卓の暴政に耐えかねた王允は、美女・貂蟬を用いてある計画を実行する。激突と智略の第二巻。

吉川英治著

宮本武蔵（一）

関ケ原の落人となり、故郷でも身を追われ、憎しみに荒ぶる野獣、武蔵。彼はいかに求道し剣豪となり得たのか。若さ滾る、第一幕！

高橋由太著

もののけ、ぞろり　お江戸うろうろ

人間に戻る仙薬「封」を求め江戸を訪れた宮本伊織と《鬼火》。お狐さまに憑かれた独眼竜伊達政宗に襲われて……。シリーズ第二弾。

中村文則著

悪意の手記

いつまでも絡みつく、殺人の感触。人はなぜ人を殺してはいけないのか。若き芥川賞・大江健三郎賞受賞作家が挑む衝撃の問題作。

田中慎弥著

実験

「お前はもっとがんばるべきだと思う」うつ病の友人を前に閃いた小説家の邪な企み。平和という泥沼の恐怖を描く傑作短篇集。

しをんのしおり

新潮文庫　み－34－2

平成十七年十一月一日発行
平成二十五年二月五日十一刷

著者　三《み》浦《うら》しをん

発行者　佐藤隆信

発行所　株式会社新潮社

郵便番号　一六二―八七一一
東京都新宿区矢来町七一
電話　編集部(〇三)三二六六―五四四〇
　　　読者係(〇三)三二六六―五一一一
http://www.shinchosha.co.jp

価格はカバーに表示してあります。

乱丁・落丁本は、ご面倒ですが小社読者係宛ご送付ください。送料小社負担にてお取替えいたします。

印刷・株式会社精興社　製本・株式会社植木製本所

ISBN978-4-10-116752-7 C0195